詩歌鑑賞入門

魏飴著

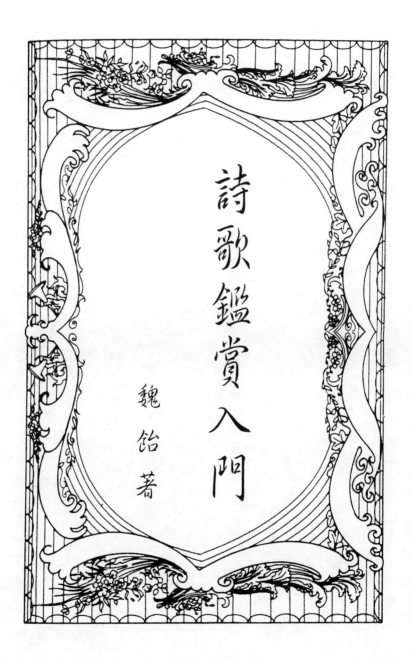

目錄

目錄

目錄

目錄

初版序

詩歌園林的導遊

詩，是美文學，是文學的精華，是讀者高尚的精神伴侶。「腹有詩書氣自華」，和詩（我這裡所說的是真正的詩，而非形形色色的詩的贗品）相近相親的人，他的精神必然富甲王侯，相反，連一首李白的詩都不能背誦的人，他的精神大約可以說貧無立錐之地。中外古今的優秀詩歌作品，構成了一座美不勝收的園林，法國作家法朗士說：「文學批評是靈魂在傑作中的尋幽訪勝。」文學鑑賞包括詩歌鑑賞何嘗不是如此？因此，魏飴的《詩歌鑑賞入門》就是詩歌園林的導遊，它引領遊人特別是年輕的朋友們去尋幽訪勝，幫助他們獲得精神上的豐收。

從接受美學的觀點看來，讀者對文學作品的鑑賞是文學活動的一個重要組成部分，其意義並不亞於作者的創作。一部作品，只有當讀者主動接受並積極參與創造之時，才算最後的真正意義上的完成。今天，「文藝鑑賞學」越來越成了理論工作者注意的焦點之一，它之作爲一門獨立的內涵豐富的學科或學問，已經是水到渠成的了，山西北岳出版社《名作欣賞》雜誌開闢「欣賞探奥」專欄，其中的文章就是迎接它的誕生而燃放的鞭炮。就我的見聞所及，談文藝鑑賞的文章不少，但專門性的著作目前似乎還未曾得見；談詩的著作汗牛充棟，但論詩的鑑賞的專門著作目前似乎還未「投放市場」（套用一個商業術語），因此，魏飴的《詩歌鑑賞入門》就是此類著作的第一部，空谷跫音，不禁令人欣然色喜。

魏飴這部著作自成系統，成一家言。全書共分七章，作者從「詩歌鑑賞的本質」入手，進而論述「詩歌鑑賞的特徵」、「詩歌藝術魅力的分析」，以三章的篇幅，重點探討了「詩歌鑑賞的一般方法與途徑」，最後歸結到「詩歌鑒賞趣味的衡量標準及趣味培養」。他精心營造自己的理論架構，綱舉目張，條分縷析，自成一家之言。你可以說它還不是一座金碧輝煌的大殿堂，卻不能否認它是一個別有天地的小宇宙。

魏飴這部著作徵引豐富，時出己見。作者潛心研讀了中外古今許多詩論和詩作，縱橫比較，融匯貫通，行文時旁徵博引不乏經過自己獨立思考而得出的見解，趣味性、知識性、學術性兼而有之。例如談到杜甫晚年作品《小寒食舟中作》時，不僅對前賢論説多所引述，而且將其譯爲現代散文以作藝術上的比較分析，最後提出自己對「詩的意脈」的重要性的看法。總之，《詩歌鑑賞入門》一卷在手，且不説其他，僅就豐富你的詩歌知識而言，你也會覺得不虛此「投」（投資買這本書），更會覺得不虛此「讀」了。

若説到此書之不足，當然也可以列舉一二，例如引例時古典詩歌過多，新詩與外國詩歌較少，因爲既名「詩歌鑑賞入門」，則時間無論古今，族別無分中外，應更好地注意兼顧與包容；此外，作者對中國古代詩論頗爲熟悉，如能適當「引進」現代詩歌理論，當會使全書更加生色。這本書雖然雅俗共賞，但畢竟是偏於普及性的讀物，我的這些意見也許近於苛求吧。

魏飴從學生時代起就在報刊上發表有關詩的文章，近些年來更是鍥而不捨，樂「詩」而不疲，其情可感，其志可嘉。今年是他的「而立之年」，年紀輕輕就寫出篇幅厚厚的近廿萬言的著作，更是可喜可賀。在擔任詩歌園林的導遊員之後，他還準備陸續撰寫《小說鑑賞入門》、《散文鑑賞入門》、《戲劇鑑賞入門》等專書。引導讀者到那些文學天地裡去覽勝觀奇。文學的天地是五彩繽紛而道阻且長的，他樂於導遊，我相信他對藝術的熱誠和長途跋涉的堅實的腳力。

李元洛　一九八七年元旦於長沙

台灣版自序

本書係筆者文學鑑賞方法叢書之一種，這套叢書的另外三種是《散文鑑賞入門》、《戲劇鑑賞入門》、《小說鑑賞入門》。其中，《詩歌鑑賞入門》已於去年三月由湖南文藝出版社出版，《散文鑑賞入門》現已開始在山西《名作欣賞》上摘要連載。其餘兩種正在準備之中。

時下在中國大陸，對於各種文藝新科學的研究十分時髦，諸如突變論方法、耗散結構論、格式塔心理學美學、精神分析學文藝批評等，以及直覺主義、達達主義、新托馬斯主義等各種主義的盛行，相應地對西方幾年前甚至幾十年前出版的一些「新學」論著也紛紛譯介過來，再加上各種通俗文學對文化市場的衝擊，因而要想搞點紮實的、基礎性的文學研究自然頗遇冷眼。我想，對中國幾千年燦爛文化有著深厚情感的每一個中國人來說，不能不引起我們的某些憂慮。這大概即是筆者撰寫本套叢書的主要動因所在。

《詩歌鑑賞入門》的確是一個非常「普及性的讀物」（李元洛先生語）。本書作者實在也沒有什麼太多的奢望，如果以此能喚起較多的人們對純文學，尤其是對中國幾千年以來的文學遺產的一點點興趣與熱情，那就是筆者十分快慰的事情了。

魏飴　寫於常德白馬湖畔寓所

一九八九年七月盛暑之際

小引

詩是最古老的文學樣式，詩的起源當與人類起源一樣久遠。有人類就有勞動，有勞動就有詩歌。劉勰所謂：「民生而志，詠歌所含」（《文心雕龍．明詩》），正是這個意思。唐堯《擊壤》之謠，虞舜《卿云》之頌，便是遠古人類的口頭創作。詩歌藝術發展至今，即以中國來說，從有文字記載的《詩經》算起，就已經有兩千五百多年的歷史了。誰又能夠計算，世界詩歌藝術的寶庫中已儲存了多少珍藏呢？

你見過或聽說過這樣一個湖嗎？

在特立尼達和多巴哥首都西班牙港東南九十五公里處有一個神祕的瀝青湖，面積約四十七公頃。此湖近看如一片荒地，其中無水，全是漆黑的瀝青。自一八七〇年至今，一個多世紀以來，人們已開採了數千萬噸瀝青。然而，湖面並未因此下降，新冒上來的瀝青漿呈乳峯狀，不消一天就能填平採掘坑，湖中瀝青取之不盡。

世界詩歌藝術的寶庫真有點像這湖中的瀝青一樣取之不竭呢！

當然，詩人被確認，只能借助於一個好的鑑賞者的反映。問題也在這裡，我們並不都是一個好的鑑賞者。如果大家都是一個好的鑑賞者，那麼我這裡所花費的這些功夫也就沒有意義了。

我們知道，詩歌是文學之母。在早期的世界文學史裡，詩佔了主要地位。唐以前的中國文學史，可以說，基本是詩歌史。在這個意義上，詩歌鑑賞應是文學鑑賞的最高形式，需要有比鑑賞散文、小說和戲劇更高層次的審美要求。因此，提高對古今中外的詩歌鑑賞能力，培養純正的高尚的詩歌鑑賞趣味，是提高全民族的審美素質的一個重要方面。

詩之於讀者，在能給人以豐富的美的享受：讀之可以娛目，吟之可以娛耳，味之可以娛心。娛目，即指詩的語言具有形象性，「詩中有畫」。像「大漠孤煙直，長河落日圓」（王維《使至塞上》）；「兩個黃鸝鳴翠柳，一行白鷺上青天」（杜甫《絕句四首》之一）；「松青梅色白，柴門是誰家」（正岡子規俳句）……這些詩句，色彩絢麗，情景逼真，無不給人以視覺上的快感。娛耳，是指詩的語言具有音樂美，尤其是我國古代詩歌，十分重視詩歌聲音的和諧悅耳。兩字一頓，平仄互換，一句之內，音韻悉異。兩句之內，平仄不同，念起來好似八音合奏，鏗鏘明朗。娛心，是指詩的抒情美、意境美和含蓄美等，足以陶冶人的情性，給人以身心的娛悅。《論語·泰伯》篇中有云：「子曰：『興於詩，立於禮，成於樂。』」這裡的「興於詩」是什麼意思呢？包咸注曰：「興，起也，言修身當先學詩。」可見，學詩對於我們身心的修養有著極其深遠的影響。

以上，「三娛」之中當然以娛心最爲重要，我們鑑賞詩歌，大半都是爲此。這娛心何以最爲重要呢？換句話說，學詩何以用來修身呢？

首先，鑑賞詩歌可以提高我們的寫作能力，特別是語言表達的能力。詩歌語言的最大特點是優美形象，簡潔精緻。就詩這個詞來說，古希臘語爲「Poetes」，意即「精緻的講話。」可見，對詩的語言的要求，就不僅高於人們的日常用語，同時也高於散文的語言，以及一切未經「詩化」的書面語言。我們的孔老夫子就曾積極主張他的學生要學《詩經》三百篇，認爲「詩，可以興，可以觀，可以羣，可以怨。」（《論語．陽貨》）這就是說，讀詩可以培養想像力，增强觀察力，提高合羣性，學得諷刺的方法等等。孔老夫子甚至還認爲：「不學詩，無以言。」看來，讀詩對於我們寫作能力的培養的確是很重要的。

就文章的寫作來說，字詞的錘煉運用是最基本的功夫，它不僅直接關係到句子的優劣，還會影響到全篇文章的好壞。而鑑賞詩歌，特別是讀古典詩歌，就自然會使我們懂得一些遣詞造句應如何謹嚴的道理，輪到我們自己動筆寫作的時候，也會自覺不自覺地試求精簡。我國古代文人幾乎沒有不懂詩的，而且讀詩是他們小時的一門基本課程。《紅樓夢》的語言明白洗煉，大家都佩服得五體投地，這正與曹侯具有良好的詩歌修養有關係。在現代文人中，魯迅、田漢、郭沫若等，都寫得一手好詩，我們應該從這裡得到一些啓示。

其次，詩是作者心靈的抒寫，生活的牧歌。鑑賞詩歌，我們從中還可以形象地了解一定歷史時期的社會和人情，豐富我們的精神生活。一般的詩歌鑑賞者，都是從滿足自己精神上的共鳴、充實和愉悅的目的來鑑賞詩歌的。特別是那些表現了人類進步的思想內容和愛國主義思想的詩篇，對於培養我們良好的道德情操自然會大有裨益。總之，詩歌鑑賞決不是一種無聊的消遣，而是一種十分有意義的認識活動。高層次的詩歌鑑賞總是還得力求從中得到一點什麼，認識到一點什麼。美國南部衛理公會大學教授勞．坡林說得好：「各時代之所以重視詩，不只因爲它是許多種興趣中的一種，就像某人愛打球，愛下象棋，因而也有人愛讀詩，而是因爲人們把詩看成每個人生存的主要事物；它對整個生活具有獨特價值，只要一個人心中有詩，他便有所恃，沒有詩，他便感到精神貧乏。」（勞．坡林：《怎樣欣賞英美詩歌》第一頁，北京出版社一九八五年版）

最後，詩歌鑑賞還能培養我們純正的、高尚的文學趣味。古人曾說，如果把「意」比喻成米，那麼文章就是將米煮成飯，而詩則是將飯釀造爲酒（吳喬《答萬季野詩問》）。從這裡我們可以得到這樣兩層意思：一方面，一切文學作品都應具有詩的特質，不過是「飯」與「酒」的差別；另一方面，詩是一種最高的語言藝術，我們鑑賞詩歌就好比是和「酒」打交道，這當然是一種高尚的鑑賞活動。據此，我們也就可以這樣說，如果一個人不喜愛讀詩，甚至於對詩全然不理解，那麼他的文學趣味勢必是很低下的。

爲什麼這樣說呢？朱光潛曾作了這樣精到的分析：「因爲一切純文學都要有詩的特質。一部好小說或是一部好戲劇，都要當作一首詩看。詩比別類文學較謹嚴，較純粹，較精微。如果對於詩没有興趣，對於小説、戲劇、散文等等的精妙處，也終覺有些隔膜。不愛好詩而愛好小説、戲劇的人們，大半在小説和戲劇中只能見到最粗淺的一部分，就是故事。所以他們看小説和戲劇，不問它們的藝術技巧，只求它們裡面有趣的故事。……讀小説只見到故事而没有見到它的詩，就像看到花架而忘記架上的花。要養成純正的文學趣味，我們最好從讀詩入手。能欣賞詩，自然能欣賞小説、戲劇及其他種類文學。」（《朱光潛美學文集》第二卷第四八八頁～四八九頁，上海文藝出版社一九八二年版）這是説得很有道理的。

當然，真正的詩，既有詩的内容又有詩的形式的只能包括狹義的詩，以及詞、曲，但如果單就詩的内容，即詩意來看，則是廣泛存在的。我們常説某篇小説富有詩意，某篇散文很有詩的意境；又稱一幅好畫是「畫中有詩」，一曲動聽的音樂是「音詩」；甚至還管叫建築藝術爲「凝固的音樂」或「立體的詩」等等，這都是從詩意來著眼的。再者，從詩的語言藝術技巧來看，它又比較集中地體現了語言運用的各種表現手法。所以，要培養我們純正的文學趣味，提高我們的文學修養，就得從根本上解決問題，從提高詩歌修養開始。

詩歌鑑賞既然是文學鑑賞的最高形式，那麼，相對地説詩歌鑑賞就要顯得難一些。

一方面，詩歌本身具有較大幅度的彈性和跳躍性，它不像一般文章在行文上意連辭貫，而是常常省略去那些没有必要交代和説明的文字。這樣，我們讀詩的時候就會感到前後不連貫，詩句忽然從一個意思跳到另一個意思上去了，叫人有些摸不著頭腦。即使對於一個具有一定詩歌修養這一開山性的理論綱領。以下，我們不妨再摘錄幾條來看看：

△許慎《說文》（上三）《言部》：「詩，志也。志發於言，從言，寺聲。」

△劉勰《文心雕龍·明詩》：「大舜云：『詩言志，歌永言。』聖謨所析，義已明矣。是以在心為志，發言為志，舒文載實，其在茲乎！詩者，持也，持人情性。」

△嚴羽《滄浪詩話》《詩辨》：「詩者，吟詠情性也。」

△郭沫若說：「詩的本職專在抒情。抒情的文字便不採詩形，也不失其好詩。」（《沫若文集》第十卷，第二一一頁，人民文學出版社一九八五年版）

△別林斯基說：「感情是詩情天性的最主要的動力之一，沒有感情，就沒有詩人，也沒有詩歌。」（別林斯基：《愛德華·古別爾詩集》、《外國理論家作家論形象思維》第七十四頁，中國社會科學出版社一九七九年版）

詩的抒情的特質，在上面的種種表述裡看來是很明顯的了，如果這還不能說明問題，我們再可以從詩的起源做進一步的追溯。最初的詩，猶如今天的船夫號子、打夯號子一樣，是爲了適應原始人集體勞作的節奏、協調動作、振奮精神的。可以設想，人類在未有文字之前，不能沒有情感，尤其是集體勞作的時候，要協調動作，就必須要發出一些簡單的呼叫。哪怕是最粗淺的「杭傳說等。這一些，對一個古典文學修養不深的讀者，不能不說要造成很大的困難。所以勞・坡林教授要求詩歌鑑賞者都「要準備查閱典故的參考書，正如到字典裡查閱不熟悉的字詞一樣。」（勞・坡林：《怎樣欣賞英美詩歌》第一〇〇頁，北京出版社一九八五年版）

以上只是粗略地談了一些，這已清楚地表現出詩歌鑑賞的特殊性。所以說，拿到一首詩，到底應該怎樣鑑賞，一些初學詩歌鑑賞的讀者，往往會有不知如何是好的感覺，只是覺得與讀散文、小說等有很大的區別，這是常有的現象。正因如此，很多愛好詩歌的同志，他們都渴望有介紹詩歌鑑賞方法和途徑的書，本書正是從這一目的出發而撰寫的。

文學藝術是美的集中體現，而詩歌更是美的精粹，詩充滿著無窮無盡的美的魅力。美，是我們時代的需要！生活的需要！

「中國是一個詩的國度。」這是世界人民給予我們祖國的光榮稱號。作爲一個中國公民更應該具有詩心、詩情和詩的追求。白居易《讀李杜詩集因題卷後》一詩的最後兩句說：「天意君須會，人間要好詩！」願天下的人都生活在詩的海洋裡！也願好詩在天下有更多更好的鑑賞者！

上編

詩歌鑑賞的文體知識

我國古代習慣將不合樂的稱之為詩，合樂的稱之為歌，而在現代則將詩和歌並稱為詩歌或詩。因此在鑑賞詩歌之前，首要辨明何者是詩。這個問題看來簡單，可是歷代以來，對詩歌的定義確是見人見志，如《尚書．堯典》：「詩言志。」現代詩人何其芳說「詩是一種集中地反映社會生活的文學樣式，它飽和著豐富的想像和感情，常常以直接的方式來表現，而且在精煉與和諧的程度，特別是在節奏的鮮明上，它的語言有別於散文的語言。」（《關於寫詩和讀詩》）等等。本編的目的在於首讓讀者明瞭何謂詩歌，及詩歌的種類，進而從詩的抒情美、詩的含蓄美、詩的意境美、詩的音樂美四大部分來探尋詩歌美的蹤迹。

第一章 辨體

一、對詩歌含義的基本理解

在我國古代，習慣於把不合樂的稱之爲詩，合樂的稱之爲歌，現在一般將詩和歌並稱爲詩歌或詩。

要鑑賞詩歌，首先得明白什麼是詩。什麼是詩呢？乍一看來似乎是簡單不過的，乃至不成其爲問題，但實質上卻不然，我們很多人並沒把它弄懂，而且對這一問題的解釋歷來也很不統一。試舉幾種我國詩人、學者的看法：

△《尚書・堯典》說：「詩言志。」

△毛萇《詩大序》說：「詩者，志之所之也，在心為志，發言為詩。」

△郭沫若說：「詩＝(直覺＋情調＋想像)(Inhalt)＋(適當的文字)(Form)。」

△何其芳說：「詩是一種最集中地反映社會生活的文學樣式，它飽和著豐富的想像和感情，常常以直接的方式來表現，而且在精練與和諧的程度上，特別是在節奏的鮮明上，它的語言有別於散文的語言。」(何其芳《關於寫詩和讀詩》)

△《辭源》(一九八三年出版)第四卷第二八八七頁釋「詩」云：「有韻律可歌詠者的一種文體。」

以上這些關於什麼是詩或詩是什麼的種種回答，不能不說有一定的道理，但又都存在著這樣或那樣的問題。第一、第二種觀點僅從詩的內容特點出發，未免顯得偏頗。第三種觀點力圖用最簡單的公式來表明什麼是詩，比如「Inhalt」(德語：內容)部分，對詩歌內容特徵的概括是比較簡潔的，同時也表明了詩歌創作的過程。但「Form」(德語：形式)部分卻有些簡而不明，須知一切文學藝術都是需要有「適當的文字形式」的，所以用它來說明詩的形式顯得不確切。第四種觀點比較全面，但不簡明，不易於掌握，而且有點含混。比如詩的語言特色到底是什麼仍還不太清楚。第五種觀點又僅僅從詩的語言形式出發，同樣也不能概括詩的全部特徵。因此，我們對詩是什麼或什麼是詩的問題再做一些探索不僅是應該的，而且是十分必要的。

要規定一個事物的界說，最好弄清事物的來龍去脈，明白該事物的真正特性是什麼，從而才有可能尋出一條比較正確的界說來。不然的話，如果只就事物已有的定義爭來爭去，那是無論怎樣也說不清楚的。比如說，要回答詩是什麼，先就要弄懂詩是怎麼起源的，或是人們爲何要歌唱做詩，及詩與其他文學體裁相比到底有什麼特徵等等。

從現有資料看，關於詩的最早表述當見於《尚書·堯典》：「詩言志，歌永言，聲依永，律和聲。」這幾句話對我們的研究有很重要的歷史價值，不能忽視。鄭玄解釋這幾句話說：「詩所以言人之志意也。永，長也，歌又所以長言詩之意。聲之曲折，又長言而爲之。聲中律乃爲和。」這幾句話包括有這樣兩個觀點：

1、詩是用來抒發人的意志或情感的；

2、詩通過歌唱以暢其詩意，詩與歌有密切的關係。

實際上，這已把詩的最根本的特徵揭示出來了。不過，我們還是從各方面來做一些引證。

人生來就是有情感的，這種情感藏在心裡就是「志」，把它用文字寫出來就是詩，即毛萇所謂：「詩者，志之所之也，在心爲志，發言爲詩。」但是，這話說得有些籠統，因爲情感藏在心裡固然爲志，而把它抒寫出來並不一定就是詩，要看你怎麼用文字來表現它，或許是詩，或許是散文什麼的，這很難肯定。無可否認的是，詩是抒發情感、吟詠情性的，這是詩歌的擅長。這一點是古今中外詩論中比較一致的意見。後人論詩，不論怎樣變來變去也很少有人否認「詩言志」

這一開山性的理論綱領。以下，我們不妨再摘錄幾條來看看：

△許慎《說文》（上三）《言部》：「詩，志也。志發於言，從言，寺聲。」

△劉勰《文心雕龍．明詩》：「大舜云：『詩言志，歌永言。』聖謨所析，義已明矣。是以在心為志，發言為志，舒文載實，其在茲乎！詩者，持也，持人情性。」

△嚴羽《滄浪詩話》《詩辨》：「詩者，吟詠情性也。」

△郭沫若說：「詩的本職專在抒情。抒情的文字便不採詩形，也不失其好詩。」（《沫若文集》第十卷，第二一一頁，人民文學出版社一九八五年版）

△別林斯基說：「感情是詩情天性的最主要的動力之一，沒有感情，就沒有詩人，也沒有詩歌。」（別林斯基：《愛德華．古別爾詩集》、《外國理論家作家論形象思維》第七十四頁，中國社會科學出版社一九七九年版）

詩的抒情的特質，在上面的種種表述裡看來是很明顯的了，如果這還不能說明問題，我們再可以從詩的起源做進一步的追溯。最初的詩，猶如今天的船夫號子、打夯號子一樣，是爲了適應原始人集體勞作的節奏、協調動作、振奮精神的。可以設想，人類在未有文字之前，不能沒有情感，尤其是集體勞作的時候，要協調動作，就必須要發出一些簡單的呼叫。哪怕是最粗淺的「杭育杭育」這樣單純而有節奏的呼叫，它所代表的意義也是十分複雜的。有了這些呼叫，便溝通了集體勞作的情感，又可減輕疲勞，其抒情的功用是明顯的。

人類後來有了文字，人們的感情也漸漸複雜起來，但人們做詩的目的仍在於抒發勞動的情感。大家看看我國最早的詩歌選集《詩經》，沒有一篇不在「抒情」二字，即使一些帶有敘事性的史詩，如《生民》、《公劉》等，從根本上說，詩的主要興趣仍不在敘事，而在對所敘之事的情感反應的吐露。

總之，無論哪種類型的詩，其根本點如果不落在一個「情」字上就是失敗的。應該承認，抒情是詩最突出的要素。郭沫若說的「抒情的文字不採詩形，也不失其爲詩，」這句話是很有道理的。比如屠格涅夫的《草原》，魯迅的《社戲》等小說，其中就有很多優美的抒情文字，無不閃耀著詩的色彩，難怪人們把它們稱之爲詩的小說。再如，平常我們也會看到一些抒情濃郁的小品散文，敘事寫景，生動感人，我們便稱它們是「頗有詩意」，甚至還有「散文詩」這一門類，道理也就在這裡。

誠然，抒情是詩的特質，但如果由此把「詩言志」作爲詩的界說，顯然又是行不通的，正如前面所說：「言志」的東西並不一定就是詩。屠格涅夫的《草原》和魯迅的《社戲》，儘管它們有詩的特質，但它們畢竟是小說而不是詩。所以，我們還應該從另外的方面給詩加以規定。

詩的抒情性，這可以說是對詩的內容特質的規定，那麼我們再分析一下詩的形式特質如何呢？

上面已經說過，原始的詩與歌有密切的關係，因爲「歌又所以長言詩之意」，通過歌詠，可以盡情盡興，可以使詩意久久在人們腦海裡面迴盪。明白了這一點，我們也就不難理解詩歌自開始產生以來，就是有節奏的，有韻律的，適宜於歌唱的。比如《詩經》裡的詩，原來都是可以配樂歌唱的，它的編排就是按照樂曲的不同分爲「風、雅、頌」三類。（據考證「風」屬地方曲調，「雅」屬朝廷「正樂」，「頌」屬伴舞的祭歌。）再從語言方面看，現在仍然保留著很多歌詩的痕跡，像語句的重疊複沓，疊句重章的運用，句式的對稱整齊等等，都是爲了適應歌詠的節奏音律，或是爲著盡情抒發情感需要出發的。再如漢人《樂府》，詩歌仍然與樂調相伴，更有《鼓吹曲詞》、《橫吹曲詞》、《清商曲詞》等名，都是以樂調而著名的詩篇。所以，我們可以說，原始的詩猶如今天譜了樂曲的歌詞一樣，都是可歌唱的。與其他文體比較，詩歌在形式上的這一特質的確很突出。

當然，後來的詩則側重向抒情方面發展，很多詩不再有樂曲相配，但仍然具有內在的節奏韻律，如現在有些好的新詩也是如此，完全可以在讀者的自然吟誦唱讀中見出音樂。魯迅先生就曾積極主張新詩要有節調、押大致相近的韻，順口易記，可以歌唱吟誦，這就是從詩的傳統美學觀出發而提出的。

詩之有節奏、有韻律、適宜於歌唱吟詠，這是詩歌在形式方面的特徵。真正的好詩都是可以歌詠的，句子太長，文字彆扭，没有節奏、韻律，不宜歌詠的，就不能算是一首合格的詩。但是，這裡值得我們特別注意的是，是否凡是有節奏韻律、可以歌詠的文字都可稱做詩呢？回答是不可以的。比如在生活中，我們經常會看到一些文字具有詩的形式，像有些句式整齊、富有語言節奏的商品廣告，再像過去的《百家姓》、《三字經》以及湯頭歌訣之類，未曾不具備相當的節奏韻律，但誰都不承認它們是詩。又如五言絕句格調之一：「仄仄平平仄，平平仄仄平，平平平仄仄，仄仄仄平平。」它所具備的外形的韻律，尤其比較完全了，然而它不被稱之爲詩，是誰都知道的。所以《辭源》把詩解釋爲「有韻律可歌詠者的一種文體，」實在是疏忽大意，不能令人接受。

行文至此，對於什麼是詩或詩是什麼，我們應該有一個粗略的認識了。概言之，詩擅長於抒情，是其他各種文學體裁所不及的，它是抒情的最高藝術。難怪《毛詩序》中說：「故正得失，動天地，感鬼神，莫近於詩。」進而，抒情不僅是詩歌的重要特性，而且是詩的生命，用個比方說，就是詩篇肉體中的靈魂。至於形式上的節奏韻律，則是詩歌外在的妝飾，就如附加在肉體上的衣服和飾物。所以，形式上的節奏韻律跟詩的關係，只等於妝飾物跟肉體的關係。只具有抒情的内容特性，而不具有形式的節奏韻律，我們可以説具有了詩的素質，但還不能稱之爲純粹的完美的詩；如果只具有形式的節奏韻律，而不具有抒情的内容特性，就不可能有詩的素質或靈魂，也就决不能稱之爲詩。

著名詩人郭小川在給讀者的一封信中曾這樣認爲：「你說，『詩主要是抒情的』，這話，我信服。但詩之所以有別於其他語言藝術形式，恐怕還在於它有規律的音樂性。我想，抒情性和音樂性，大概是詩的兩大特點。」（郭小川《談詩》第一二三頁，上海文藝出版社一九七八年版）這段話可以作爲我們上文的總結。由此，我們如果用極簡單的話（實際上最重要的東西往往是最簡單的）來概括詩的界說，即：詩歌是具有節奏韻律、可以歌唱吟誦的最高的抒情藝術。

二、詩歌的種類

詩歌，作爲一種發展歷史最爲悠久的文學樣式，它的類別劃分也顯得極爲複雜，以下我們準備按四種不同的標準對詩的種類做一扼要介紹：

㈠從寫作的時間來分

從詩歌寫作的時間來看，可以分爲古詩和新詩兩大類，時間以一九一九年的「五四」爲界。由於「五四」時代新文學運動的興起，提倡白話，反對文言，即以人們反對封建士大夫階級的貴族文學爲主要內容。在這方面，用明白暢達的白話語言寫作的新詩便成爲這場文學革命的急先鋒。

新詩與古詩的主要區別是：用「五四」時期以來所提倡的白話語言寫作，不受古詩格律的限制，大致押韻，篇章內容可長可短，學習西方詩歌分行排列。當然，古詩中也有一類較爲自由的詩體，但用白話寫詩是「五四」之前從未有過的。

新詩自「五四」以來已有將近八十年的歷史，雖然它所走過的發展道路並不平坦，圍繞著新詩的形式問題曾有過多次討論，但基本上還是沿著「五四」的方向發展至今。

從時間上看，古詩的發展可謂源遠流長了，而且現代人還在運用古詩的形式進行寫作。不過，現代人寫的這一類詩我們自然不能稱爲「古詩」，而只能稱其爲「古體詩」，這是必須要明確的。由於古詩發展的歷史跨度太長，固而在發展過程中也形成了不少具有特色的古詩體。主要有：

1、**詩經體**

此體式以《詩經》爲代表。《詩經》是我國最早的一部詩歌總集，共收周代詩歌三〇五篇。詩經體的特點是以四言句式爲主，雜以長短不同的句式，錯綜變化，活潑自由。其次是多用重言重章，宛轉和諧，富有音樂美。

2、**楚辭體**

此體式以屈原爲代表的楚國人創作的詩歌爲代表。楚辭體又因以屈原的《離騷》最有影響，故亦稱「騷體詩」。從句式看，楚辭體則打破了「詩經」以四言爲主的束縛，代以五言、六言、七言句式，且多用「兮」、「些」、「只」等語氣詞。從結構看，其音樂特色更爲明顯，一般每一首詩都由若干個歌節組成，末尾加「亂」辭總結全篇。

3、樂府體

此體式是由被稱爲樂府的音樂機關搜集編製起來，可以配樂歌唱的歌詩，故稱爲「樂府詩」。樂府詩的句式更爲多樣化，且都是入樂能唱的歌詩，都有一定的曲調。除正曲以外，還有所謂「艷」、「趨」、「亂」等部分。在詩的內容上，敍事詩較多。

4、近體詩

此體式是唐代詩人在齊梁體五言格律詩的基礎上發展起來的，在聲律、對仗、句式、篇章諸方面都有嚴格的規定。爲了和唐以前沒有嚴格格律的詩體相區別，一般稱唐代的格律詩爲「近體詩」。這裡的「近」，具有特定的含義，不是今天所說的「近代」。近體詩一般又可分爲絕句、五言律詩、七言律詩和長律（或排律）幾種。

5、詞

詞最初稱爲曲子詞，即歌詞的意思。詞的特點極其明顯：每首詞都有一個詞調，大都分片或分闋，句式爲長短句，而且字聲的配合更爲嚴密。詞的鼎盛時期是宋代，宋詞與唐詩並稱，成爲一代文學之宗。

6、散曲

是元代產生的一種新的詩體。和詞一樣，是能夠配合樂曲歌唱的歌詩。散曲又稱「清曲」或「清唱」。散曲也有曲調，句式較爲靈活，用語更接近羣衆口語，句中有襯字爲散曲的一大特色。散曲包括小令、散套兩種。

㈡從內容與語言方式來分

從詩的內容與語言表達方式的特點來看，可分爲抒情詩與敍事詩兩大類。

抒情詩是由作者以主人公的口吻來抒發激情與理想、反映現實生活的一種詩體。其特點是直抒胸臆，篇幅一般短小，沒有完整的故事情節，沒有完整的人物形象，往往帶有鮮明的個人情感色彩。

抒情詩在歷史上形成的基本體式，有頌歌、哀歌、情歌、諷刺詩等，由於抒情詩的內容複雜多樣，我們一般都稱為抒情詩。

敘事詩則是以敍述故事、刻畫人物形象為主要的詩歌。它一般具有較完整的情節，也用各種手法來描寫人物，但畢竟不同於小說的講故事與寫人物，敍事詩寫人帶有較强的情感性，在情節發展上具有較大的跳躍性。歷史上形成的敍事詩的樣式有英雄歌謠、史詩、詩劇等。

應當提出的是，詩歌的抒情與敍事在我國本沒有明確的界限，很多敍事詩實際上是與抒情高度結合的產物，如古代的《孔雀東南飛》、《木蘭詩》、《琵琶行》等，莫不如此，不像希臘的抒情詩與敍事詩有顯著的不同。

㈢從表現形式來分

從詩歌的表現形式特點來看，可分為格律詩、自由詩與民歌三類。

格律詩是具有固定的格式和韻律的詩歌。從時間的角度而言，又有新舊格律詩之分。舊格律詩大都包括我國傳統的古詩在內，如近體詩、詞、曲等。新格律詩則屬新詩中的一個類別，它講究一定的格律，但不像舊格律詩那樣嚴格，只是比起自由詩來，新格律詩的音節韻律等，還是較有規律的。不過，新格律詩除十四行詩有較為統一的格律以外，其他都還未能形成一種大家認可的格律形式。

自由詩是相對格律詩的一種新的詩體。它的句式、音節、押韻等要比格律詩自由得多，幾乎無所束縛。在我國古代，凡是那些沒有明確格律的詩都可以稱爲自由詩，如李白的《蜀道難》等。當然，自由詩在我國的興盛是「五四」以後，並成爲詩歌的一種主要形式。歐美的自由體詩的誕生，是在十九世紀後期，美國詩人惠特曼是自由體詩的創始人。

民歌體詩是勞動人民集體創作，用口頭流傳的詩歌。它像一面鏡子，是詩歌作者們勞動生活的真實反映。民歌的形式自由活潑，從不爲固定的樣式所拘束。在表現手法上，常用比、興和誇張，想像豐富，形象生動。民歌的語言具有濃郁的生活味，通俗暢達、簡潔明快。從形式上看，有民謠、兒歌、山歌、勞動號子、信天遊、爬山調、五更歌、道情、盤歌等，又有田歌、樵歌、牧歌、漁歌、夯歌、採茶歌等。

㈣從表現的題材來分

從詩歌所選擇的題材的不同來劃分，這就難以一一盡數了。因爲現實生活無限豐富，每一個行業與門類都可以有自己的詩歌，所以這類詩究竟有多少種就無法統計。一般而言，人們平常提到比較多的主要有：鄉土詩、山水詩、田園詩、愛情詩、詠物詩、城市詩、軍旅詩、工業詩、邊塞詩、科學詩、兒童詩、寓言詩、題畫詩等。由於這些類別的詩都僅僅是從題材的不同來分的，在表達手法與形式上並沒有什麼特別的地方，這裡就不一一分述了。

第二章 詩歌美探蹤

我們探索、分析詩美的藝術魅力，不是單純地爲了藝術，爲了技巧，爲了美，而是爲了更好地鑑賞美、享受美、創造美，使我們的生活充滿美的内容、美的聲音、美的旋律！

一、詩的抒情美

歌德曾講過一個很值得尋味的觀點，他認爲要測驗一篇韻文是否是詩，最好的方法是把它譯成另一國文字的散文，若譯過去以後，原韻文中的情感力量喪失殆盡，那麼這篇韻文就不是詩。當然這應把翻譯水準這個因素排除在外，歌德的這番話告訴我們，詩的骨子裡必須是滲透著情感的，具有抒情的美；放逐了情感，也便放逐了詩。

詩，是激情的火花。激情的火山爆發了，火柱騰空，火光四射，火花衝天，灑地成詩。郭沫若回憶他寫《女神》時的情景說得好：「個人的鬱積，民族的鬱積，在這時找出了噴火口，也找到了噴火的方法。我那時差不多是狂了，民七民八之交，將近三四個月時間，差不多每天都有詩興來猛襲，我抓著也就把它們寫在紙上。」（郭沫若《鳳凰·序》引自王效天等編《新詩創作藝術談》第六十六頁，江蘇人民出版社一九八二年版）詩情真好像火一樣地噴來，又是如此地「火中取栗」，一把「抓」住，寫在紙上。我們讀他的《鳳凰涅槃》、《爐中煤》等詩歌，無不感到激情噴灑，字字皆火，洋溢著一種淋漓酣暢的抒情美。

一首優美動人的詩之所以爲千百萬讀者所吸引，儘管有些詩所反映的內容與我們相距十分遙遠，不復有與詩同時代的體驗，但仍會爲其詩所震顫，這就是詩美的力量，其安內在的基礎，在很大程度上正是感情的飽滿真摯。海涅講：「老百姓要求，他們的喜怒哀樂，種種激情，作家也有同感，他們內心的感情，或者能被作家振奮起來，或者會被作家損傷刺痛，總之，老百姓希望受到感動。」（海涅《論浪漫派》第一三四頁，人民文學出版社一九七九年版）正因爲如此，我們在詩歌中獲得的，不是明確的概念，而常常是一種心靈被感動的滿足。當然，一首好詩不能沒有思想卻又常常是「思想消滅在感情裡，感情又消滅在思想裡；從這相互的消滅就產生了高度的藝術性，」（《別林斯基選集》第一卷，第二三六～二三七頁，時代出版社一九五二年版）產生了具有獨特魅力的詩歌。賀敬之一九五六年重返延安後，曾寫過一篇題爲《重回延安——母親的懷抱》的散文，我們且看看其中一個片斷：

啊，母親延安！分別了十多年的你的兒子，又撲向你的懷抱中了。

一片喧鬧的鑼鼓嗩吶聲響起來，在五里鋪到南關的河灘上，歡迎的人羣湧過來了。陝北的大秧歌在表演，這雪白的羊肚子毛巾，紫紅的腰帶，這領唱的傘頭，合唱的男女隊員……這不是一九四四年的「紅火」情景嗎？

同年，作者還寫過一篇同一題材和主題的詩歌，題爲《回延安》，我們看其中相應的三個小段：

杜甫川唱來柳林鋪笑，
紅旗飄飄把手招。
白羊肚子手巾紅腰帶，
親人們迎過延河來。

滿心話頓時說不出來，
一頭撲在親人懷。

《回延安》這首詩是我們都熟悉的，是公認的好詩，但《重回延安——母親的懷抱》這篇散文卻不爲很多人所注意。爲什麼?我想,或許詩文中所表現的內容最適宜於詩的形式吧,最適宜於抒情吧。散文中對延安羣衆熱烈歡迎的場面敍述詳盡、細緻,給人的感覺固然是周密、親切的,但讀起來卻不如詩過癮。詩中捨去了前面散文中的很多內容,如鑼鼓嗩吶聲,秧歌表演,領唱合唱以及作者當時的聯想等,只攝取了幾個最動人的鏡頭,形象而集中地表達了詩人在散文裡所要表達的情感,詩情濃郁,因而也最容易引起人們的共鳴,吟誦之間,如品香茗,可使人久久回味。

談到詩的抒情美,我們不得不還要簡單回溯一下詩的產生。我們知道,人類也並非一開始就是具有情感的,最初依然和一般動物一樣混沌不分,是大自然的一個自在的部分。只有當人類從一般動物的純生物性的感覺器官分化出來,並漸漸產生了思維、情感、意志和聯想等心理活動,才會覺得需要表現,由此便產生了詩。所謂「民生而志,詠歌所含,」(劉勰《明詩》)意即人類出現後就會產生情志,這樣詩詞歌詠也就孕育其中了。不過人類爲何首先找到了詩而未能找到其他表現方式呢?這是因爲詩這種形式最適合表現人的情感,它鮮明的語言節奏和人們的勞動節奏,以及和人們的情感律動是暗相符契的,是自然的,是「不能已」的。朱熹在《詩序》裡有一段話說得不錯:「或有問於予曰:『詩何爲而作也?』予應之曰:『人生而靜,天之性也;感於物而動,性之欲也。夫既有欲矣,則不能無思;既有思矣,則不能無言;既有言矣,則言之所不能盡,而發於咨嗟詠嘆之餘者,又必有自然之音響節奏而不能已焉。此詩之所以作也。』」

看來,人類寫詩的緣由實在是爲了達情的需要,而且詩又是一種最理想、最有意味的方式和手段。所謂「最理想」和「最有意味」，是因爲詩歌有鮮明的節奏，有一種內在的音樂旋律，適宜於人們吟誦歌詠，可以盡情盡興，可以使詩意久久在人們的腦海裡迴盪。明白了這一點，我們也就不難理解，詩歌自開始產生以來，就是有節奏的、有韻律的、適宜於歌詠的。

我們讀一首好詩，往往情不自禁地手舞足蹈，搖頭吟哦，沈浸在一種忘我的境界之中。在這之間，我們與詩人思想感情的共鳴當然是重要的，但詩中音樂的美感也無不使我們陶醉。比如說，我們身居外地，遠離家鄉，在一個寂靜的夜晚，天空掛著一輪皎潔的明月。這情景就會使我們想到家鄉，想起親人，還自然會想到李白的《靜夜思》：「牀前明月光，疑是地上霜。舉頭望明月，低頭思故鄉。」這首詩的內容我們都是很熟悉的，但我們每每碰上此情此景，總是忘不了這首詩，還要一次一次的吟哦，並且每次都是那樣地富有興味。這種反覆吟哦的興味，我們即使是閱讀最優秀的小說或散文恐怕也不可能具有。好的小說或散文至多我們只閱讀三、四遍，或者還多一點，絕不可能像詩這樣能使人如癡如醉，自然而然地去反覆吟它，詠它。這是爲什麼呢？除了內容的醇美，感情的豐富，那就是富有無窮魅力的音樂語言的緣故，所以便能喚起我們一次又一次地鑑賞趣味。

是的，音樂效果加强了詩的抒情美。它可以將感情更大限度地凝聚於詩中。音樂傳達的感情是不具體的，它可以多方面地引起人們的快感。H．帕克說：「音樂差不多是單單依靠感官材料的表現力而不依靠任何明確意義的唯一重要藝術。」（帕克《美學原理》第一三九頁，外國文學出版社一九八三年版）我們都會有這樣的體驗，當一首詩的內容我們還理解得不甚透徹的時候，可那詩卻早有一種內在的情調來打動你、挑逗你，這情調便是一種真正只可意會不可言傳的音樂快感。雖然詩中的內容十分豐富，但對於我們好像是沒有任何內容似的（實際上也可能還未全部理解），卻像音樂一樣用甜美的無形的感覺震撼我們的身心，獲得一種美的享受。這種不具體的模糊的情調或者音樂快感，與詩中有著具體的明確的思想概念的語言結合時，就使詩歌同時不可分辨地在意識上和情緒上影響讀者，從而完成別林斯基所說的「相互的消滅」。

的確，詩最擅長抒情，我們古人很早就揭示了詩的這一美學特徵。所謂「詩言志」，「詩緣情而綺靡」，「詩者，吟詠情性也」等等，這已是公認的至理名言了。在這個意義上，詩如果離開了情，可以說就等於失去了詩的「靈魂」。在我國詩史上，宋代的詩人們曾經嘗試「以議論入詩」，通過詩來說理，其結果正如陳子龍在《王介人詩餘序》中說：「宋人不知詩而強作詩，其爲詩也，言理而不言情，故終宋之世無詩焉。」這話雖說得有些偏激，但也並不是沒有道理的。這裡，我們試比較兩首元代小令看看，曲牌都是《越調．天淨沙》，第一首是馬致遠的《秋思》：

枯藤老樹昏鴉，小橋流水人家。古道西風瘦馬，夕陽西下，斷腸人在天涯。

第二首是吳西逸的《閑題》之四：

江亭遠樹殘霞，淡煙芳草平沙。綠柳陰中繫馬，夕陽西下，水村山郭人家。

兩首詩的優劣，天淵之別。第二首從頭至尾都是意象的鋪排，缺乏的正是情感的滲透，不具有抒情的美感。

我十分欣賞郭沫若的那句話：「詩的本職專在抒情，」（《沫若文集》第十卷第二一一頁，人民文學出版社一九五八年版）這句話好就好在這個「專」字。從接受美學的角度來講，讀者鑑賞一首詩，大都也是尋求一種情感的交流，從而獲得某種審美的認識，得到一種精神上的暢快與愉悅。試想，有誰讀詩是爲了尋求有趣的故事呢？又有誰讀詩是從純實用的觀點出發，去學知求理呢？當然，爲了某種特定的目的，有的人把詩單純地當作歷史資料、思想資料看待，只要一接觸便運用理性的解剖刀加以剖析，但這在詩歌鑑賞中卻是要不得的。

好詩都會具有抒情的美感，「就是敍事詩、諷刺詩也是這樣的。敍事時，假若只是韻文故事，那就是敍事而不是詩了，諷刺詩，任它怎麼潑辣、犀利，也總是想抒發想伸張真理之情的。」（周良沛《靈感的流雲》第五頁，人民文學出版社一九八三年版）當然，詩也並不排斥對客觀事物的敍述，何況詩的類別還有敍事詩這個品種。但只要我們仔細分析一下詩的敍述，詩中的敍述也明顯帶有濃郁的抒情。骨子裡所展現的仍在一個「情」字，不過是通過敍述來抒情罷了。我們讀杜甫的一組小敍事詩《三吏》《三別》，從中所了解到的不僅僅是「石壕村裡夜捉人」和「潼關道旁話城堡」等這樣一些簡約的故事，更重要的是看到了詩人對祖國、對人民的那種深沈的熱愛之情。呂進說：「我們可以在敍事詩或略有情節的抒情詩中發現，凡是敍事的地方，詩裡就出現『快鏡頭』；凡是抒情的地方，詩裡就出現『慢鏡頭』。」（《新詩的創作與鑑賞》第二十四頁，重慶出版社一九八二年版）這就是由詩的抒情的美學特徵所決定了的。

詩的抒情美，靠它內在的情調和音樂，靠它精練警策的語言形式。當然，那些抽象的刻板的和冰結的議論與詩的抒情美無緣，詩必須是灌注著詩人情感的，這是詩的抒情美的一個最基本的要素。

詩的抒情美，並不表現爲寫那些表面的劇烈衝動，也不需要過火的形容、誇飾和裝潢，那些口號式的喧囂、純理念的説教歷來爲古今中外的詩人們所鄙棄。優秀的詩人總是把被描寫的事物在靈魂中激起的感情和印象放在重要地位，充分發揮詩人必不可少的那種帶有豐富感情的感受性和敏感性，來抒寫內心的衝動。你聽，老詩人蔡其矯在控訴「四人幫」極左路線所造成的惡果並祈求人的權利、人的自由，在一首題爲《祈求》的詩中，他這樣歌唱：

我祈求炎夏有風、冬日少雨；
我祈求花開有紅有紫；
我祈求愛情不受譏笑，

跌倒有人扶持；
我祈求同情心——
當人悲傷
至少給予安慰
而不是冷眼豎眉；
我祈求知識有如泉源，
每一天都湧流不息，
而不是這也禁止，那也禁止；
我祈求歌聲發自各人胸中
沒有誰要製造模式
為所有的音調規定高低；
我祈求
總有一天，再沒有人
像我作這樣的祈求！

在這裡，既無切齒咬牙的詛咒，也沒有熱烈的號叫狂呼，但詩中鬱勃的情感卻强烈地感染著讀者，和同時代讀者的心靈息息相通，藝術地體現了人們共同的心理和體驗，彷彿那一聲聲祈求都是血與淚的結晶，多麼深沈，多麼痛切，多麼有力。

二、詩的含蓄美

作曲家冼星海和詩人朱未然曾經共同創作了人們所喜愛的歌曲《黃河》。有趣的是，當根據《黃河》改編的影片《黃河大合唱》上映之後，很多人倒覺得不如聽《黃河》的唱片過癮。一位觀衆出電影院的時候說：「我想的《黃河》不是這種看圖識字式的！」（周沛良《靈感的流雲》第八頁，人民文學出版社一九八三年版）影片中爲解釋歌詞而出現的畫面，使《黃河》的形象的確是被那種煩瑣的——看圖識字式的圖畫而支解了。

我站在高山之巔，
望黃河滾滾……

詩歌在這裡展示的內涵，是我們民族的崇高、莊嚴、雄偉的氣概，它貫注在詩行的每一個字詞之中。這種氣勢，這種情感，這種音樂，是含而不露的，是永遠也體味不盡、享受不完的。倘

化了。若是煩瑣地、自然主義地、「看圖識字」地拍攝些高山、濁浪，就把原有的詩情簡單化了，庸俗

正是這樣，詩歌的最大特點就在於它通過精練的語言表現出豐富的內涵，而又始終不露筋骨，總是叫人尋味無窮。美國學者勞·坡林分析詩的這一特點時說：「字詞包括著含混的與複雜的字義成爲科學家的妨礙，詩人卻視爲瑰寶。科學家要的是字義的單一性，詩人要的是字義的豐富性。」又說：「詩是一種多變的語言。」（勞·坡林《怎樣欣賞英美詩歌》第三十七頁、第九頁，北京出版社一九八五年版）正因爲如此，梁代鍾嶸在《詩品》中則指出：「使味之者無極，聞之者動心，是詩之至也。」詩之有味，是人們寫詩和讀詩所共同追求的。如果詩之無味，詩則落入下乘；而讀詩不辨於詩味，便談不上鑑賞。何謂詩味？即是指人們在鑑賞詩歌的時候，通過反覆咀嚼、密詠恬吟所得到的一種意味。這種意味便是詩歌作品本身的含蓄蘊藉、情深孕大。

的確，好詩之所以有味，這與詩的含蓄美分不開，甚至我們以爲，一切好詩，都是具有含蓄美的特質的。所謂含蓄美，也就是作者的思想感情不是直通通地流露出來，而是藏而不露，通過旁敲側擊，委曲婉轉地襯托而暗示出本意；或用凝煉的語言概括生活，引人深思，獲得啓示，產生美感。也就是劉勰所說的「隱秀」之美。

講究詩的含蓄美，在我國已成爲詩歌作品突出的民族風格特徵之一，古今詩人和詩論家無一不是十分重視這一點的。孔子評論《關雎》，說它「樂而不淫，哀而不傷」（《論語·八佾》），孔

門詩教定爲「溫柔敦厚」，都有含蓄美的要求在內。《漢書·藝文志》說：「古者諸侯卿大夫交接鄰國，以微言相感，當揖讓之時，必稱詩以諭其志。」這說明古人不僅已認識到詩的含蓄美，而且已普遍地利用詩的含蓄美了。司空圖要求詩有「韻外之致」「味外之旨」；（司空圖《與李先生論詩書》）「不著一字，盡得風流……深淺聚散，萬取一收」；（司空圖《二十四詩品》），更是把含蓄美看成是詩歌作品的一個重要美學原則。清人吳景旭在《歷代詩話》裡說得最爲清楚：「凡詩惡淺露而貴含蓄。淺露則陋，含蓄則旨，令人再三吟咀而有餘味。」現代著名詩人臧克家也說：「我講求凝煉。我把一個材料向心的深處沈埋，像今天變成煤塊的樹木，千萬年前向大地的深處沈埋一樣。」「含蓄就是力的內在。詩不是散文，應該讓讀者享受一點屬於他們的權利。」（臧克家《〈十年詩選〉序》，引自王永生主編《中國現代文論選》第二三三～二三四頁，貴州人民出版社一九八二年版）就是說一首好詩，其內容應該是耐人思索、含深孕大的。

中國注詩、解詩的人向來好談「微言大義」，從毛萇做《詩序》一直到張惠言批《詞選》，往往把一些本來好懂的詩說得玄而又玄，固不免穿鑿附會。但是我們也應該看到，中國詩人的確是喜好含蓄美的，而且根深蒂固。中國最古的有記載的歌謠據說是《吳越春秋》裡面的「斷竹，續竹；飛土，逐肉。」這是一首反映遠古人民狩獵的詩，詩中所表現的是歌者征服自然的歡喜之情，就是相當精煉含蓄的。嚴羽在《滄浪詩話》裡有一段評論唐代詩歌的話，很有些見地。他說：「盛唐諸人，惟在興趣，羚羊掛角，無迹可求。故其妙處，透徹玲瓏，不可湊泊，如空中之音，相中之色，水中之月，鏡中之像；言有盡而意無窮。」這說的便是天人合、隱秀參的含蓄美的境界。古典詩歌精練含蓄，自不待說，即使新詩也同樣講究文約意豐，含蓄蘊藉。我們且看曾獲全國詩歌獎的韓瀚的小詩《重量》：

她把帶血的頭顱，
放在生命的天秤上，
讓所有的苟活者，
都失去了
——重量。

本來，生命的價值是很抽象的，但詩人通過「生命的天秤」這個藝術形象的巧思與敍寫，就使張志新的獻身精神在對比中顯示出崇高的價值：爲真理而獻身，雖死猶生；苟活者，雖生猶死。從而，表現了詩人對張志新烈士的讚美之情。這種情感，如果詩人直通通地吐露出來，或者向讀者高呼：「張志新是黨的好女兒！張志新雖死猶生！」這固然直接了當，乾脆俐落，但也就失去了這首詩的「重量」。一般來講，精練的語言都是耐人尋味的，而詩又是最精練的語言藝術，因而也就自然會表現出詩的含蓄美。

就我們讀詩和寫詩的心理背景來說，詩人之所以寫詩，是因爲他突然發現了生活中某種不尋常的微妙關係，或驚嘆，或振奮，或喜悅，或憤怒……於是他覺得有必要把這種情緒寫出來。但是，光告訴人們這種情緒的結果當然不會有意義，重要的是怎麼能夠使讀者也產生這種情緒，因而不得不寫得具體一些，形象一些，含蓄一些，讓讀者自然而然地受感染。就讀者來說，我們大都對詩有著一種神祕感和好奇感，都想揭穿它的內涵，當然也會受到一種自尊心理的支配，似乎不弄明白就不肯罷休。這樣，經過自己反覆揣摩之後，一旦豁然醒悟，看出詩歌內容所隱藏的東西，就會與詩人產生共鳴，欣喜無比，甚至於「手之舞之，足之蹈之」。這種情感，不亦悅乎？因此，我們的詩人也就正是利用了讀者的這個心理。以含蓄爲上乘，以淺陋爲下乘。

可以說，一位優秀的詩人，只應是讀者遊覽的一位嚮導，而不應是讀者可耳提面使的教師爺；一首優秀的詩歌，不在於它毫髮畢現地去描摹生活的情景，也不在於嘮叨不休地去議論人生的道理，而在於運用準確、鮮明、生動、精練的語言，描繪出最動人的感情形象，或概括出最警策的生活哲理，貴在含蓄無限，使人思而得之。

大凡一些詠物詩、寫景詩的含蓄美比較好理解，或托物言志，或借景抒情，總是比較曲折委婉。而那些議論性的抒情詩和敘事性的詩歌，又怎樣表現出它的含蓄美呢？

就那些以直接議論取勝的抒情詩來說，我們以爲這類詩歌仍然不失有含蓄美。請讀沃爾特·惠特曼在《草葉集》中開篇的這首短詩：

我，人的本質，歌唱那單純的，被分裂的人，
還說出了「民主」，這個包羅萬象的字眼。
我所讚美的生活學，它不僅是體貌，也不僅是大腦，
而是從足尖到足尖，
它才值得賦予靈感，——我要說形式的完美更為值得，
女性與男性我要一視同仁，一起頌讚。

啊，生命的無限在於愛，在於情緒，在於力，
歡呼吧——為那法律的牧師引導下即將出現的
最自由的生命而歡呼，
那即是我要歌頌的現代之子！

詩顯然寫得比較直率，詩人直言陳述了自己的哲學思想核心，以及對人生的思考，表現得淋漓痛快，就像堤壩決口汪洋恣肆。從字面上看，詩中並沒有多少形象，但仔細體會，我們卻不難通過詩中議論想像出抒情主人公那追求、尋覓和歌頌「現代之子」的可敬形象。而且詩中語言凝煉真摯，以及抒情主人公執著尋覓真理的火熱情感，似乎也在燃燒著讀者的心，其內涵仍然是蘊

藉深沈的，讀後絕無淺露平庸之感。

我們承認這些以直接議論取勝的詩，和那些以形象含蓄取勝的詠物詩、寫景詩相比，其含蓄美是有差別的，但絕不承認這些以直接議論取勝的詩就等於是缺乏形象的空喊，而完全與含蓄無緣。我很同意詩評家李元洛的這個見解，「那些真情沛然直抒胸臆的作品，在總的風格上確實和主要以含蓄取勝的作品不同，就像在原野上奔騰的江河與在羣山間蜿蜒的溪水風姿各別一樣，但是，只求大放大暢而不注意含蓄有致，就一定會流於淺薄平直，那些明朗雄放的優秀作品，它們也必然具有含蓄的某些因素，如內涵的豐富性，形象的啓示性，形象之中提供引人聯想的天地，等等等。」（李元洛《詩學漫筆》第七十八頁，花城出版社一九八三年版）正是在這個意義上，前人在談到豪放派詞人辛棄疾的作品時曾指出：「雖以稼軒之縱橫，而不流於悍疾，則能留故也」，在分析辛氏的名作《水龍吟．楚天千里清秋》時，又再次說明「稼軒縱橫豪宕，而筆筆能留。」（陳洵《海綃說詞》）可見，像《水龍吟》那樣一些縱橫奔放的作品也是留有餘蘊的，豪放中有婉約，奔逸中有沈鬱。

敍事詩的含蓄美，主要表現在詩人對某一事件只做客觀的敍述，不做任何評價，詩人之情蘊藏於敍事之中。這裡是范成大的《催租行》：

輸租得鈔官吏催，踉蹌里正敲門來。

手持文書雜嗔喜：「我亦來營醉歸爾！」

牀頭慳囊大如拳，撲破正有三百錢；

不堪與君成一醉，聊復償君草鞋費。」

在這首詩中，詩人給我們描繪了一個里正（村、保長之類）敲詐勒索，借公濟私的醜惡形象，同時也寫出了善良的人民不得不把節省下來的幾個錢奉送給里正的痛苦心情。詩中作者沒有公開發表意見，但作者的愛憎感情已融洽於「里正催租」這件事情的敍述之中，不直言里正的狡猾、凶殘，而其狡猾、凶殘之相自見。

敍事詩的含蓄美，其次表現在剪裁方面。劉勰指出：「熔則綱領昭暢，裁則荒穢不生。」（《文心雕龍．熔裁》）這就說明一切詩文通過剪裁可達到清楚、蘊藉、沒有囉嗦繁雜的詞語，而敍事詩之於剪裁更為重要。敍事詩與其他抒情詩相比，篇幅稍微長些，容量也較大，但不很好地加以剪裁，就會顯得繁雜淺薄，失去含蓄美。我們閱讀那些優秀的敍事詩，就會發現它們在剪裁上是很得體的，富有高度的精練性和概括性，給人以廣闊的想像的餘地。例如在《孔雀東南飛》中，有一段是寫劉蘭芝與小姑分別的場景的：

卻與小姑別，淚落連珠子。新婦初來時，小姑始扶牀；

今日被驅遣，小姑如我長，勤心養公姥，好自相扶將。

初七及下九，嬉戲莫相忘！出門登車去，涕落百餘行。

劉蘭芝遭到公婆的無理驅逐，臨走時與小姑依依話別，寫得就極其委婉含蓄。作者既不寫公婆橫蠻驅逐劉蘭芝的罪惡，也不寫劉蘭芝被冤屈的憤懣，更不寫小姑應從這件事懂得點什麼，而是集中寫劉蘭芝與小姑的不忍分別，和對「公姥」的惦記與留戀，從而襯托公姥的橫蠻無理，表現出劉蘭芝被驅逐後的深深冤枉和痛苦。正如沈歸愚評之曰：「作詩貴前裁……別小姑一段，悲愴之中，復極溫厚，風人之旨，故應爾耳。唐人作《棄婦篇》，用其直語云：『憶我初來時，小姑始扶牀，今別小姑去，小姑如我長』；下忽接二語云：『回頭語小姑，莫嫁如兄夫』。輕薄無餘味矣。故君子立言有則。」（轉引自傅庚生《中國文學欣賞舉隅》第一五五頁，陝西人民出版社一九八三年版）所謂「有則」，就是指剪裁有度，不要把話說完、說盡、說死，否則就了無餘味。

敍事詩的含蓄美表現在剪裁方面的例子還可以舉出很多，如樂府民歌《上山採靡蕪》、《陌上桑》、《木蘭辭》等等，剪裁都很「有則」，繁簡得體，沒有任何浮辭冗意，使人味之無盡，如萬綠叢中著點紅，作者舉一隅而我們可以三隅反，想到更廣闊、更豐富的生活。

總之，中國的詩人大都崇尚「溫柔敦厚」的含蓄美，不論是詠物詩，抒情詩和敍事詩都表現了這一美學特徵。我們鑑賞詩歌，就應該努力發現詩的含蓄美。

當然，我們還必須明白這樣一點：一首具有含蓄美的好詩，它的深廣內涵又是依靠明確的語言表現出來的。含蓄與明確看來似乎是矛盾的，但又和諧地統一在一起。詩的含蓄美，在表現形式上總是體現出「以一當十」、「咫尺萬里」的高度藝術概括的特點，正如艾青所說：「是一種飽滿的蘊藏。」（艾青《詩論》王永生主編《中國現代文論選》第一〇九頁，貴州人民出版社一九八二年版）可以說，概括性愈大，典型性愈强，包孕的東西愈多，也就愈具有含蘊美。打個比方說，具有含蓄美的詩，就像蒼翠欲滴、充滿汁液的樹葉，但汁液卻未從葉子裡溢出來。所以，我們說的含蓄美，就本質而言，是明確的，是叫人思而得之的，而不是把詩寫得撲朔迷離，吞吞吐吐，含糊其詞，故弄玄虛，說一半留一半，像是說謎語一樣的讓人去猜，這就不是含蓄，而是含混、模糊、晦澀了。

我國傳統的詩歌鑑賞理論特別注意品味的神韻，這無疑促使了詩人們對含蓄美的追求和創造。但也使一些作者走入魔道——著意追求那種迷離恍惚的意象，追求那種使人探之茫茫，索之渺渺的所謂含蓄美。戴復古在《論詩十絕》中就明確提出：「欲參詩律似參禪，妙趣不由文字傳，箇裡稍關心有悟，發爲言句自超然。」這是以不可知爲貴，以難捉摸的含蓄爲貴。有這樣一首古詩：

藁砧今何在？山上復有山，

何日大刀頭？破鏡飛上天。

猜吧，這是什麼謎呢？據宋代王觀國解釋說：「藁砧者，鐵也（鍘刀）；藁砧今何在者，問鈇何在也。山上復有山者，出也；言夫已出也。大刀頭者，鐶也（一種金屬首飾）；何日大刀頭者，何日當還也。破鏡者，月半也；破鏡飛上天者，言月半當還也。」一首詩，經過如此繁瑣複雜的解釋，興味全無，這哪裡還是詩呢？

在我國，晦澀難懂的詩確也不乏其例，再像李商隱的某些詩，其內容常使人百思不得其解，元代很有一點詩歌鑑賞修養的元好問不也是曾這樣感嘆「詩家總愛西崑好，獨恨無人作鄭箋」（《論詩三十首》）嗎？二〇年代，象徵派詩人李金髮的一些「朦朧詩」（權且用這個詞）也較爲流行，但時間畢竟是最好的裁判。前幾年，在一些青年詩人裡頭也寫了很多的「朦朧詩」，朦朧當然並不等於晦澀，「朦朧詩」也並不是都不好，但有些「朦朧詩」是不能不令人失望的。「例如某些詩篇過於誇大破碎形象的偶然拼湊，甚至浮表地滿足於低級的象徵和繁冗的裝飾，相當數量的詞語不合常規，無節制地使空茫的意象充斥詩中，而使作品的可感性達於低點，如此等等。」（《謝冕文學評論選》第二一八頁，湖南文藝出版社一九八六年版）在國外，法國象徵派詩人拉法爾美說過「詩是謎語」，這在我們恐怕是不合接受的。現代派遠祖、美國愛倫．坡的《烏鴉》，一百餘年來一直衆說紛紜，天書莫測。它到底有多大存在的價值實在有些令人懷疑。

辭氣浮露，一覽無餘的作品，必然淡乎寡味。過於含蓄，流於深晦冥奧，奇險怪異，讀者不知所云，終於只能是形存實亡，沒有任何意義。這兩個極端，原因只有一個，那就是作者感情貧乏，精神空虛的表現！我們希望詩人們寫出一些具有真正的含蓄美的詩歌來！還希望我們的鑑賞者能善於發現詩的含蓄美！

三、詩的意境美

無論是寫詩還是讀詩，都不能忽視詩的意境。什麼是詩的意境呢？我們可以先做這樣的分析：詩是現實生活的反映，而現實生活是紛繁複雜、變幻不定的。詩不可能把這複雜不定的生活情景原原本本地照搬過來，或者像柏拉圖所說的「模仿」過來。詩對於現實生活必須有所選擇與剪裁，有選擇與剪裁也就必有創造，必定體現出作者的情意，因而也才能給人以新鮮有趣的感覺。生活物景與作者情意的媾合，便構成意境——即作者的主觀情意（意）與客觀生活的物景（境）互相交融而形成的藝術境界。

在我國古代傳統的文藝理論中，最早使用「意境」這個詞的，是託名王昌齡的《詩格》，《詩格》把意境、物境和情境並舉，稱之爲詩的「三境」。在這之前，雖然有些理論著作，如陸機的《文賦》、鍾嶸的《詩品》以及劉勰的《文心雕龍》等，對意境的主要內容也有所涉及，但還未明確提出。至王昌齡以後，詩的意境問題漸漸受到重視，談論的人也多起來，但說法頗不統一。有的說「意象」（王世禎《藝苑卮言》），有的叫它「興象」（胡應麟《詩藪》），有的稱爲「情景」（王夫之《薑齋詩話》），也有的名之爲「境界」（王國維《人間詞話》）等，實際上這都是說的一回事，其本質都是一致的。

按詩反映生活這一點來說，其他藝術也是相同的，所以，意境不獨詩歌所具有，是任何形式的優秀文學作品所共有的。只要「寫氣圖貌，既隨物以宛轉；屬采附聲，亦與心而徘徊」（劉勰：《文心雕龍．物色》）就可以形成意境。司馬遷的《史記》，被魯迅譽爲「無韻之《離騷》」，其中不少章節是富有意境的；王國維在《宋元戲曲史》中認爲元曲和南戲之妙，正在於「有意境」；現代著名作家楊朔，把散文當作詩一樣來寫，他的作品言短意長，更是意境雋永。如果說，優秀的文學作品都具有美好的意境，那麼，詩則尤其具有意境，這是由詩歌較之其他文學樣式更集中地概括反映社會生活的特點所決定的。從藝術角度看，沒有意境，就沒有詩歌。意境是衡量詩歌高下的一條重要原則。王國維在《人間詞話》中說：「言氣質，言神韻，不如言境界。有境界，本也；氣質、神韻，末也。有境界而二者隨之矣。」可見，意境對於詩歌創作是何等重要。

西方詩歌美學雖然長期以來一直强調對自然的「摹仿」與「再現」，而且也從未明確地提出「意境說」，但也並非一定要排斥詩的「意境」。著名詩人歌德談到詩人時曾說：「有什麼必要下那麼多的定義？對情境的生動情感加上把它表現出來的本領，這就形成詩人了。」（愛克曼輯錄：《歌德談話錄》第九〇頁，人民文學出版社一九七八年版）這裡，强調了詩人要具有對「情境」的表現的本領，實際上已含有「意境」的內容了。

讀過詩的人，一般都會有這樣的感受：鑑賞一首好詩，我們心目中必有一種意境，而且是非常鮮明生動地浮現在眼前，或爲詩人洋溢的感情激動著，或爲詩中强烈的氣氛包圍著，或爲豐富多彩的自然圖景吸引著，充實著……詩中美好的意境似乎完全把我們引到了另外一個世界——那裡面一切都是那麼熟識，因爲它是現實生活藝術真實的反映；那裡面一切又那麼清新有味，因爲那是詩人通過具體形象創造出來的，傾注著詩人的情意。在這樣一個藝術世界裡神遊，真是使人神魂爲之鈎攝，若驚若喜，引人聯想，獲得一種稱心適意的享受。我們隨便舉個例子來看看，如崔顥《長干曲》組詩中的第一、二首：

君家何處住？妾住在橫塘。
停船暫借問，或恐是同鄉。

家臨九江水，來去九江側。
同是長干人，生小不相識。

兩首詩一問一答，構成一幅非常優美而又自然和諧的意境。詩中所描寫的是一對陌生同鄉船家男女見面時的情景：船家女主動打問迎面而來的男子：「君家何處住？」不待男方回答，她又立即自我介紹說：「妾住在横塘。」女方的這一舉動，表現出她心情的小小波動，好像有點迫不及待的意思。但她好像馬上又意識到自己的熱情主動顯得有點唐突，於是，接下來便極力掩飾自己的羞窘：「停船相問，別無他因，也許我們是同鄉呢……」而男方呢，似乎也早就注意了這個多情而活潑的女子，因而他的回答也很直率，不帶一絲生人見面的隔閡：我的家也就住在九江邊上，我們常常來往在這裡，雖然「同是長干人」，卻一直還沒有接觸相識呢！這樣的場面，看起來實在是很平凡的，但只要我們細細咀嚼，卻有很深的意味。應該說，這並不是一段平平常常的對話，而是寫的一對有情人初次接觸的感情交流。女方先問而且自稱「妾」，並略做解釋，顯得溫柔多情；男方後答，答且詳細，頗有相識恨晚的感慨，絕非無意。問答之間，他們是那樣的投機，透露出彼此的傾慕和喜悅，情趣盎然。這樣的作品，我們叫它有意境。

再看錢春綺譯德國詩人赫爾斯霍夫的《池塘》：

它十分悄靜地躺在晨光之中，
像心安理得一般地平安；
西風來吻它的鏡面，

岸畔的花兒感不到微動。
蜻蜓在它的上面顫動，
金藍的一條，點染著朱紅，
映著日影的輝耀，
水蜘在翩翩舞蹈。
岸邊有一帶菖蒲，
聽著蘆葦的催眠曲；
一陣和風飄來飄去，
好像在低語：平安！平安！平安！

這首詩的意境也是十分誘人的：一窪池水靜靜地躺在清晨的光束之中，岸畔的鮮花依偎在它的身旁。蜻蜓、水蜘快樂地嬉戲，一派風和日麗、恬靜閒雅的景象……顯然，作者是善於通過細膩的筆觸來描寫風景的，但作者在寫景之中，又灌注著一種美好優雅的情感，情景自然地觸爲一體。讀著這首詩，彷彿我們就置身在這環境優雅的池塘邊，享受著大自然的恩賜！

詩的意境是現實生活在詩人頭腦中反映的產物，是詩歌藝術形象的具體存在，是作者主觀之「意」（思想感情）與現實生活之「境」（生活形象）的辯證統一。它並不是像過去有些人說的那樣虛無縹緲，不可捉摸，似乎只能意會，不可言傳。

詩的意境之美，首先表現在「意」與「境」的妙合無間，二者完美的融洽。像前面所引崔顥的《長干曲》二首，作者所描繪的場景和詩中所透露的情意，就顯得自然渾成，給人一種具體的完美。但有的詩，或者立意淺薄，而且是乾巴巴的議論，沒有富有特徵的恰好能表現抒情主人公思想感情的形象，常不免概念化、抽象化；反過來有些詩又只是表面的、瑣碎的生活現象的堆砌，形象之間沒有作者思想感情的融注，就顯得生拼硬湊、蕪雜拖沓、毫無意味。試比較兩首詩：

死，
也不做奴隸！
奴隸啊，
像馬，
像牛，
像狗。

——林采《死也不做奴隸》

假使我們不去打仗，

敵人用刺刀
殺死了我們
還要用手指著我們骨頭說：
「看，
這是奴隸！」

——田間《假使我們不去打仗》

兩首詩的立意都是相同的，但在意境的創造上卻大不一樣。第一首詩儘管也用了「像馬、像牛、像狗」這樣一組比喻，但仍然難以喚起我們鑑賞的意味，反倒有些覺得堆砌淺薄，爲什麼？這就是因爲詩尚未構成一種美的意境，好像只是一種概念的直寫，未能找到恰當的藝術形象或生活圖景表達出來。第二首詩便避免了這一弊病，用假使語氣設計了一幅形象的圖畫：敵人用刺刀殺死了我們，還指著骨頭罵我們是奴隸。這畫面是如此地鮮明獨特，觸目驚心，作者之意寓於其中，意與境真是妙合無間，非常和諧自然。

詩的意境之美，其次表現在意境創造的個性化。因爲意境中有詩人主觀的成分，所以好詩的意境總是表現爲「這一個」，滲透著詩人獨特的情趣和性格。比如陶淵明的「採菊東籬上，悠然見南山」（《飲酒》第五）；杜甫的「造化鍾神秀，陰陽割昏曉」（《望嶽》）；李白的「相看兩不厭，惟有敬亭山」（《獨坐敬亭山》）；杜牧的「遠上寒山石徑斜，白雲深處有人家」（《山行》）等，表面上的物景雖都在寫山，實際上卻因所傾注的情感不同，各是一種意境。

所以我們說，每個詩人所創造的優秀的意境，都應是他自己的。同時，「境」的意蘊深淺與作者的情意的趣味高低成正比，並不是說一切富有個性化的意境都是美的。

詩的意境之美還表現在「意」與「境」的交融，不是單調畫一，而是呈現出種種不同的形式，給人以變化的美、豐富的美。歸納起來，其形式有以下五種：

1、情隨景生

詩人在寫作之前未有什麼情思意念，只是偶然因遇到某種物景，忽有所悟，於是某種情思隨著景物油然而生。這種意境，古人稱之爲「無我之境」。試舉一例，如王昌齡的《閨怨》：

閨中少婦不知愁，春日凝妝上翠樓。
忽見陌頭楊柳色，悔教夫婿覓封侯。

春天來了，成日鎖在深閨中的「少婦」，著實打扮了一番，登上翠樓去觀賞春景，心情當然是高興的。但當忽然看到路邊青青的柳條兒，飄飄依依，這自然使她聯想到因「覓封侯」而遠離的丈夫，不禁兜起一股愁思：似乎這迷人的春景應是爲自己所設，如今她獨上翠樓，不免辜負了這良辰美景，也辜負了自己的韶華，真不該讓丈夫遠去。這愁思，這後悔，是偶然因陌頭楊柳而挑逗起來的，並與楊柳的物景交織在一起，構成意境。這正是情隨景生，或叫觸景生情。

當然，情隨景生，這情固然是因景而觸發的，但往往是原先就已經有了，不過是蓄積在心底沒有自覺。在這種情況之下，耳目一旦與有關的外境觸及，遂如吹皺的一池春水，喚起心中的情緒。

2、緣情寫景

古人叫作「有我之境」，指的是詩人帶著强烈的主觀感情接觸外界景物，並把自己的感情注入其中，高興時看到一切景物也都在高興，悲哀時看到一切景物也都在悲哀，構成緣情寫景。如李白「山花向我笑，正好銜杯時」（《待酒不至》）；白居易：「汴水流，泗水流，流到瓜洲古渡頭，吳山點點愁」（《長相思》其一）；杜牧：「蠟燭有心還惜別，替人垂淚到天明」（《贈別》）；秦觀《踏莎行》：「可堪孤館閉春寒，杜鵑聲裡斜陽暮」。這些詩句中的山水花草，及其蠟燭、孤館、杜鵑等等，無不帶上詩人鮮明的主觀情意，即所謂「物皆著我之色彩。」

與第一種比較，緣情寫景的特點，即是作者之情具有一定的主動性，景不過是達情的媒介。所以，不同的情會給相同的景著上不同的色彩，如在杜牧的《山行》詩裡，「停車坐愛楓林晚，霜葉紅於二月花。」楓葉的美引起了詩人的喜悅，這是情隨景生。但在《西廂記》裡，卻有這樣的詩句：「朝來誰染霜林醉，點滴是離人淚。」本是美好的楓葉，卻帶上了詩人的悲哀色彩，這就是緣情寫景，或者稱移情入景，達到「意」與「境」融。

3、寓情於景

有的詩，全篇不露絲毫情意，作者之情，完全附麗於景，乍看起來，句句寫景，而實際上句句是情，字字關情。這種意境，含蘊很深，往往需要讀者細細玩味。且看曹操的《觀滄海》：

東臨碣石，以觀滄海。水何澹澹，山島竦峙，樹木叢生，百草豐茂。秋風蕭瑟，洪波湧起，日月之行，若出其中；星漢燦爛，若出其裡。

全詩都是寫景，詩人的思想感情始終含而不露。但詩人給我們展現出的這幅欣欣向榮、含深孕大的海洋景象，卻又無不蘊藏著詩人的情感。那吞吐日月的「滄海」，不正是詩人廣闊胸懷的體現嗎？還有那生氣盎然的樹木百草，又不正是詩人意氣風發、生機勃勃的精神狀態的反映嗎？王國維《人間詞話》云：「一切景語皆情語。」所以我們說，大凡好的寫景詩也是好的抒情詩，純粹的寫景詩是不可能有的。這種寓情於景的方式，「意」與「境」交融得爐火純青、不露筋骨，極具有意境的含蓄美。

4、景略情濃

還有的詩，與寓情於景恰好相反，全篇都是作者直抒胸臆，乍看起來好像是有情而無景，不具有詩的意境。這裡是英國白朗寧夫人的《抒情十四行詩》第六首：

捨下我，走吧。可是我覺得，從此
我就一直徘徊在你的身影裡。
在那孤獨的生命的邊緣，從今再不能
掌握自己的心靈，或是坦然地
把這手伸向日光，像從前那樣，
而能約束自己不感到你的指尖
碰上我的掌心。劫運叫天懸地殊
隔離了我們，卻留下你的那顆心，
在我的心房搏動著雙重聲響。
正像是酒，總嚐得出原來的葡萄，

我的起居和夢寐裡，都有你的份。
當我向上帝祈禱，為著我自個兒，
他卻聽得了一個名字，那是你的；
又在我眼裡，看見有兩個人的眼淚。

這是詩人答應了白朗寧的求婚之後獻給她丈夫的詩。全詩都是抒情，字字句句都飽含著詩人真摯、熱烈的感情，描寫了一個女子在愛的烈焰下沸騰起來的複雜心理。作者十五歲時因騎馬跌損腰椎致殘，長期被禁錮於病牀，但當她與著名詩人白朗寧相愛，愛情創造了奇蹟，竟使她恢復了健康。她感到又驚又喜，「捨下我，走吧。」一下子降臨這麼多的幸福她怎麼容納得下？她不敢放縱去享受愛的快樂，竭力「約束自己」。但，這又是多麼痛苦啊！她那違心的乞求，不正流露出了無限的深情嗎？不正爲我們展示了一幅層次分明的心靈的愛的圖畫嗎？也不正是使我們看到了一個執著於純潔愛情的女子形象嗎？在濃郁的直接抒情中，景雖略了，但意境卻很完美。一些景略情濃的詩的意境美，我們一般可以從抒情主人公的形象與詩中之情的結合上去體會。再像陳子昂的《登幽州臺歌》、陸游的《示兒》、陳毅的《梅嶺三章》等。如果詩中沒有出現抒情主人公的形象，只是泛泛的議論抒情，總會離不開一些具體的形象比喻，例如蘇軾的《琴詩》：

若言琴上有琴聲，放在匣中何不鳴？
若言聲在指頭上，何不於君指上聽？

這是一首以彈琴作比喻，來說明主觀與客觀之間關係的詩。即主觀（彈）作用於客觀（琴），客觀受主觀的制約，又反作用於主觀，二者相輔相成，發生作用（聲）。這個深奧的哲學道理，通過彈琴的比喻說出來，就不感到抽象，顯然同樣也具有深邃的意境。像這樣的例子也很多，再比如蘇軾的《題西林壁》、朱熹的《觀書有感》等，其意境之美是不難把握的。

5、情景分列

在一首詩中，情與景的界線有時分得很清楚，或上半寫景下半抒情，或上半抒情下半寫景。表面看來，情景的結合似乎不夠縝密、融洽。實際上，情與景是互相襯托，互藏其宅，情中有景，景中有情，形似分開，實際一致。我們看憶明珠的《春雨》：

春雨淅淅瀝瀝，
一聲聲滴進碧綠的麥苗裡。
要說這雨不是拌著糖水灑的，

人們心裡怎會這般甜蜜？

雨啊，

你怎麼不來呢？

你也是和我一樣，

在千絲萬縷地牽掛著

祖國的土地。

詩的特點就是情景分列。前一節基本上是寫景，寫可愛的春雨滴進碧綠的麥苗裡；後一節抒發感慨，將雨擬人化，表現了「我」像春雨一樣千絲萬縷地牽掛著祖國的赤子之心。情景相爲表裡，融爲一體。

總之，吟詩填詞，不外乎情語（意）和景語（境）二者而已。情語待景語而厚，景語因情語而活，情景交融，意與境渾，這便是古今詩歌作者刻意追求的。古人所謂「羚羊掛角，無迹可求」；「氣象混沌，難以句摘」等，也就是指的這種境界。從「意」與「境」的交融來說，形式固然可以千變萬化，但意卻始終起著主導的作用，正如王夫之所說：「無論詩歌與長行文字，俱以意爲主。意猶帥也。無帥之兵，謂之烏合。」（王夫之《薑齋詩話》）所以，詩人所寫情意的正確、深刻，新穎與否，直接決定著詩歌意境的成敗與優劣。我們鑑賞一首好的詩歌，探求它的優美的意境，關鍵也就是要把握詩中的「意」，儘管氣象混沌，無迹可求，但終歸「意」所統帥，我們是可以發現其中的奧祕的。

四、詩的音樂美

最不了解詩的讀者也知道詩的語言比非詩的語言更重視語言的音樂美。有人說：「歌是詩的翅膀。」詩歌只有插上音樂的翅膀才能四處飛揚。

詩之所以叫做「詩歌」，是因爲詩曾經是能夠歌唱的，說明詩和音樂曾有著密不可分的血緣關係。在上古時期，詩原是和音樂、舞蹈混合在一起的藝術，隨著人類物質和精神文明的進步，詩慢慢從音樂和舞蹈中分化出來，儘量向文字意義方面發展，便形成了一門獨立的藝術。但是詩成爲一門獨立藝術以後，它並未與音樂絕緣，仍然與音樂保持著千絲萬縷的聯繫，具有著音樂美的特質。

談到詩歌的音樂美，這又以我國的詩歌最爲突出。一般人都會很自然地想到我國詩歌有聲韻、有節奏、能吟能唱這一傳統，這固然是不錯的。我國古代的第一部詩歌選集《詩經》中的詩都可以入樂，可以歌唱。「『詩三百』孔子曾弦歌之」——《史記》。以屈原的作品爲代表的《楚辭》，與音樂的關係也甚爲密切，比如《離騷》、《九歌》、《九章》等，大都也是協之音律，可以歌唱的。漢魏六朝的樂府詩，它本身就是合樂的歌辭（漢武創新樂府，令李延年爲協律都尉）。唐代詩歌卷帙浩繁，其中的那些佳製名篇同樣也是入樂歌唱的。《蔡寬夫詩話》說：「唐人歌曲，本不隨聲爲長短句，多是五言或七言詩，歌者取其辭與和聲相疊成音耳。」況周儀《蕙風詞話》也說：「唐人朝成一詩，夕付管弦，往往聲稀節促，則加入和聲。」唐以後的詞、曲，則更是不待說了，它們是先有聲而後有辭，即先有曲譜而後依譜填詞歌唱的。但是，如果我們只是從可以歌唱來認識我國詩歌的音樂美，那是遠遠不夠，是很膚淺的。

詩的音樂美來自語言的音樂美，語言和音樂固然不同，但它們都以聲音爲基礎。一切語言都具有聲音的要素，這就給每一種語言文字都具有音樂美提供了一個共同的條件，但作爲詩歌，卻是自覺地集中地利用了語言音樂美的條件，使詩的音樂美出類拔萃，超出一切文學樣式，而漢語詩歌的音樂美，的確又是各國詩歌音樂美的佼佼者，這是由於漢語本身的音樂性强所決定的。

那麼詩人又是怎樣通過語言來造成音樂美的呢？美國學者勞·坡林認爲：「詩人取得音樂之美的方式有二：借重於字音的選擇與安排；借重於重音的安排。」（勞·坡林《怎樣欣賞英美詩歌》第一二一頁，北京出版社一九八五年版）這是對的，但較爲籠統。具體來說，語言的音樂美離不開聲音的節奏與和諧，可以說，它們是造成音樂美的兩大要素。節奏是指聲音在一定時間內所產生的長短、高低和輕重的規律性變化；和諧是指音質的悅耳性和互相的協調性。當然，節奏中可能包含有和諧，和諧中也可能有節奏，但它們卻是有區別的。比如火車在行進中所發出的「咣刺」聲和小提琴的聲音的音響效果就大不相同，前者有節奏，後者有和諧。

總之，不論是悠揚的琴聲、叮咚的水聲，還是悅耳的歌聲，一切富有音樂感的聲音都離不開節奏與和諧這兩個重要分子。不過，不同種類的語言，其詩歌音樂美的表現是不一樣的。比如，西方學者談到彼特拉克的詩時曾經指出：「要了解他的詩，就得懂義大利文，或至少要了解一點義大利語的發音和語氣的情況。……才可能領會到他在十四行詩裡巧妙地使用語言和語感而產生的美感。」（麥吉爾《世界名著鑑賞大辭典・詩歌》第一九八頁，中國書籍出版社一九九〇年版）所以，爲方便起見，下面我們從節奏與和諧這兩方面來分析一下漢語詩歌的音樂美。

1、節奏

聲音的節奏是靠著時間的間歇。如果一個聲音在時間上總是平直地綿延不斷，就不可能有節奏；要它產生節奏，就必須有時間上的間歇。但有了時間的間歇還不一定有節奏，比如一個毫無音樂細胞的人去彈鋼琴，我們就只能聽到一片雜亂無章的聲響。所以聲音的節奏還必須是規律性的間歇。

詩的節奏，也就是聲音在詩行中所產生的時間間歇，也就是我們通常所說的「頓」，也有人叫「音尺」、「音組」或「拍」等。我們讀一行詩，不是一個音緊接著一個音地讀下去，而是把一行詩中的字分成幾組，之間稍做停頓，這和我們平常說話有些相似。但說話的頓沒有一定的規律，頓的字音多少不等，因而看不出鮮明的節奏。而讀詩就不同了，特別是我國古代詩歌，詩有定章，章有定行，行有定字，頓挫節奏就容易顯示出規律來。一般而言，古代詩歌中的頓可分為單音步、二音步和三音步幾種情形。單音步是一步中包含一個音，二音步是一步中包含兩個音，三音步是一步中包含三個音。例如：

帝子／降兮／北渚，
目／眇眇兮／愁予；
嫋嫋兮／秋風，
洞庭／波兮／木葉／下。

——楚辭《九歌．湘夫人》

關關／雎鳩，
在河／之洲。
窈窕／淑女，
君子／好逑。

——《詩經．關雎》

上面兩例，基本上都是二音步，第一例每行的頓數較有變化，但因仍以二音步爲主，節奏還是顯得舒緩和諧。第二例的節奏則十分整飭明朗，更多地體現出漢語詩歌形式的音樂美。

我國古代詩歌，每頓以二音步爲主，而且每行的頓數也有一定的規律。四言詩每行兩頓（2／2，阿拉伯數字表示每頓的字音），五言詩每行三頓（2／2／1），七言詩每行四頓（2／2／2／1）。當然，這只是形式上的畫分，我們在接觸具體作品的時候，往往可以依據意義去自然區分。也就是說，可以使形式化的節奏與自然的語言節奏儘量保持一致，這樣音與義相互融洽，以音傳情，才能真正地體現出詩的音樂美。

正由於我國古代詩歌（包括現在一部分白話詩）每頓的字音與每行的頓數都有一定，因此，形式化的節奏感相當强。這是因爲漢字一字一音，詞句易於整齊畫一。「綠水青山」、「燈紅酒綠」，稍有留心，即成對偶。但在其他語言中就難以達到了，如英文、法文、俄文等，這些語言最突出的特點是複音字多，多的每字含六、七個音，不像漢語一字一音。所以單音與複音相錯雜，就難以見出鮮明的節奏。比如同樣是以上《關雎》中的這幾句，用英語寫出來是：

From the is · let/in the stream
The ju–jiu calls,/“coo coo”.
A sweet/re · tir · ing girl

The prince · ly man/will woo.

除了每句的頓數相同以外，每句的字數和每頓的字音都是參差不齊的。第一句六個單字，第一頓含四個音，第二頓含三個音；第三句四個單字，第一頓含兩個音，第二頓含四個音。這樣，行的字數與頓的字音都沒有定準，念起來一行一頓所需要的時間很不一致，節奏自然就不如漢詩那樣鏗鏘明瞭。

聲音較有規則的時間上的間歇，這可叫作時的節奏。另外，從屬於時的節奏還有一種力的節奏，它是以時間爲前提，側重於聲音較有規則的力量上的輕量交替，形成節奏。這種力的節奏，在我國格律詩裡，已達到登峯造極的地步。漢語語音具有聲調（即四聲），這是漢語在音質上的特殊現象。而平上去入四聲（現代漢語無入聲，古入聲已歸入陰平、陽平、上、去四聲之中），我們在念的時候是有輕重之分的。顧炎武在《音論》裡說：「其重其急則爲入爲上爲去，其輕其遲則爲平。」古人又正是根據這一道理，將四聲分爲平（平）仄（上去入）兩部分，把它有規律地運用到詩歌裡，就會顯示出力的節奏。例如王之渙的《登鸛雀樓》：「白日依山盡，黃河入海流。欲窮千里目，更上一層樓。」在力量上的輕重變化是：

重重輕輕重，輕輕重重輕。

重輕輕重重，重重重輕輕。

顯然，平仄的變化，輕重的交替，更使語言具有一種抑揚頓挫的音樂色彩。

2、和諧

一首詩讀起來朗朗上口，婉轉變化，聲音圓轉自如，這主要就是和諧的作用。反之，詰屈聱牙，生澀難讀，這就沒有和諧了。詩的和諧在於字音的搭配和韻律的安排。漢字都是單音，這就爲字音的自由搭配提供了可能的條件；同時，漢字的收聲除了陽聲的鼻音，便是陰聲的母音，因此同韻字又極多。基於這些，在詩歌中運用雙聲、疊韻、疊字和押韻這些有效手段就比較容易了。

先說詩的雙聲與疊韻。

雙聲是指同聲紐（子音）字的疊用，疊韻是指同韻紐（母音）字的疊用，雙聲與疊韻的運用，古人很早就認識到了。劉勰說，「雙聲隔字而每舛，選韻雜句而必睽，」（《文心雕龍・聲律》）這就說明雙聲疊韻在句中應連在一起，不宜隔開。清李重華《貞一齋詩說》對雙聲疊韻的好處說得更爲形象：「疊韻如兩玉相扣，取其鏗鏘；雙聲如貫珠，取其宛轉。」王國維《人間詞話》也說：「余謂苟於詞之蕩漾處，多用疊韻，促節處用雙聲，則其鏗鏘可誦。」以上幾種說法略有不同，但雙聲疊韻能夠增强聲音的鏗鏘蕩漾之美是可以肯定的。在《詩經》、《楚辭》中雙聲疊韻運用得很普遍，比如「窈窕淑女，君子好逑」，「參差荇菜」，「陟彼崔嵬，我馬虺隤」，「佩繽紛其繁飾兮，芳菲菲其彌章」等等，真是舉不勝舉，後來詩人更是自覺地加以運用，而且富有變化。「一去紫台連朔漠，獨留青冢向黃昏，」（杜甫《詠懷古迹五首》之三）疊韻對雙聲；「疏影横斜水清淺，暗香浮動月黃昏，」（林逋《山園小梅》）雙聲對雙聲；「不喜秦淮水，生憎江上船，」（劉采春《望夫歌》）疊韻連用，等等。

從聲音的原理上看，聲短而脆，韻長而柔，因此雙聲字念起來鏗鏘，疊韻字念起來圓轉蕩漾。雙聲疊韻如果運用得好，不僅能增强聲音之美，而且還能幫助表現詩人的情懷。如上所引「疏影」一聯，它之所以傳唱至今，恐怕也與「清淺」、「黃昏」這兩個雙聲詞有關吧。就這一聯的意思而言，主要是表達詩人對黃昏月色下的梅花那種潔淨美和朦朧美的讚賞，而「清淺」二字正是從聲音上傳出了梅花輕盈的韻致，「黃昏」又正是從聲音上傳出梅花神祕的象徵，聲音親切甜美、清新婉轉，與詩意相得益彰。

次說詩的疊字。

疊字是將音、形、義完全相同的兩個字緊連一起，借聲音的繁複和諧來表現詩人內在深曲之情的修辭手段。在我國詩歌特別是民歌中，運用疊字屢見不鮮。清朝王筠曾把《詩經》中的疊字結集起來，編著了《毛詩重言》一書，可見《詩經》運用疊字之多。我們僅舉一例看看：

風雨淒淒，雞鳴喈喈。既見君子，云胡不夷？
風雨瀟瀟，雞鳴膠膠。既見君子，云胡不瘳？
風雨如晦，雞鳴不已。既見君子，云胡不喜？

——《風雨》

詩中恰到好處地用了「淒淒」和「瀟瀟」來形容風雨的聲音，又用「喈喈」和「膠膠」來形容雞鳴的聲音，並且疊字連章，讀起來就好像聽到風聲雨聲響成一片，還夾雜著雞鳴的聲音，氣氛是那樣的熱烈和促迫，與詩中婦人乍見丈夫的心情天然相合，乍驚乍喜，情景交融。聲音之諧和，節奏之鮮明，使我們不能不佩服這位無名詩人「善於言情，又善於即景以抒懷。」（方玉潤《詩經原始》）

疊字主要集中在摹聲和描狀這兩個方面，以象聲詞、形容詞的疊字最爲廣泛。摹聲疊字如：「關關雎鳩」，「習習谷風」，「坎坎伐檀兮」，「唧唧復唧唧，木蘭當戶織」，「車轔轔，馬蕭蕭」等；描狀疊字如：「楊柳依依」，「雨雪霏霏」，「信誓旦旦」，「漠漠水田飛白鷺，陰陰夏木囀黃鸝」，「娟娟戲蝶過閑幔，片片輕鷗下急湍」等等；真是聲諧義恰，紛呈其妙。還如大家熟知的李清照《聲聲慢》連下十四個疊字，「尋尋覓覓，冷冷清清，淒淒慘慘戚戚」，堪爲絕唱。它是文字的詩，也是無字的音樂，其好處並不在字的意義，而在於形象的深沈婉曲的音樂效果。

疊字歷來爲詩人和評論家所重視，劉勰在《物色》篇裡曾對疊字做過很高的評價。恰當地運用疊字，確實有助於音調的諧美動聽。

再說詩的押韻。

詩之有韻，這是我國詩歌的傳統。我國古代詩歌，無韻詩是很少見的。「五四」時期，曾有人提出過廢韻，但終於没有廢除掉。白話詩至今仍以押韻的爲多，至於今後前景如何，我們大可不必做這個臆測。外國詩也以有韻的居多，只是由於翻譯的緣故，很多詩譯成漢語後就變成無韻詩了。

詩歌押韻就是指這一詩行與另一詩行末一字的韻母相協或相押，所押的這個字叫韻腳。其形式有很多種，諸如連珠韻（即AAAA，英文字母代表韻腳）、雙疊韻（即AABB）、隔句韻（即ABCB）、交叉韻（即ABAB）、連環韻（即ABBA）等，這些我們知道一下就行了。

押韻能使聲音和諧協調，增强詩的音樂節奏，便於吟誦。例如艾青的短詩《跳水》：

從／十米／高臺

陶醉於／下面的／湛藍△

在跳板／與水面之間△

描畫出／從容的／曲線△
讓／青春／去激起
一片／雪白的／讚嘆△

這首詩本身就寫得很精練，很美，寥寥幾筆，寫出了跳水運動員的英姿、理想和跳水的全過程。其中韻律和節奏的協調諧和是起了很大作用的。全詩一韻到底，採用「洪亮級」的「言前」韻，讀起來使人感到前後呼應，口腔鼻腔一起共鳴，魚貫而下，聲音響亮利索，給人一種力量的美。似乎只有這樣，才能表現跳水運動員的那種優美、和諧和雄姿。

詩是給人歌唱吟詠的，有了韻，就會前後一氣，緊湊和諧，富有音樂美。陸時雍《詩鏡總論》說，詩歌「有韻則生，無韻則死；有韻則雅，無韻則俗；有韻則響，無韻則沈；有韻則遠，無韻則局」。這是大致正確的。

詩的聲音和諧美，除了雙聲疊韻、疊字和押韻這幾個方面以外，還有字音的選擇與調配等。例如韓愈《聽穎師彈琴》詩中的幾句：「昵昵兒女語，恩怨相爾汝；劃然變軒昂，猛士赴戰場。」前兩句「昵昵」是疊字，其他「兒、爾」，「女、語、汝」諸字或同聲，或同韻，或同聲又同韻；各字的聲母不是摩擦音就是爆發音，不夾雜一個硬音，而且基本上都是撮口呼。這樣念起來圓潤輕軟，恰能傳達出兒女相語的情味。後兩句情景突然轉變，從「劃」字一開始，字音變得響亮鏗鏘，韻腳也從「細微級」的「語、汝」，變爲「洪亮級」的「昂、場」，與「猛士赴戰場」的情景相融洽。這種音樂美，它不在某個韻腳或某一疊字，而是整個的諧和。再如杜甫的《月夜》、《聞官軍收河南河北》，白居易的《琵琶行》，蘇軾的《飲湖上》以及元曲裡的《秋夜梧桐雨》等等，只要我們仔細體會，其整個聲音諧和之美是容易感覺到的。

詩的節奏與和諧，這是促成詩歌音樂美的兩大要素。但節奏與和諧，都應該以寫情爲本，要能夠從聲音中見出人的情趣來。「轉軸撥弦三兩聲，未成曲調先有情。弦弦掩抑聲聲思，似訴平生不得志」。這種聲情融洽的境界才算是真正的音樂美。

最後，我們談談白話詩的音樂美問題。現在，不少人一談起古詩的音樂美的傳統，往往是崇拜過餘，而對白話詩的音樂美則沒有引起充分的注意，或是否定過多。古詩音樂美的傳統，的確值得我們珍視，但我們也應看到，在詩的格律正式形成並日趨嚴格以後，詩的聲律是朝著形式化的方向發展的。比如用韻來說，在《詩經》裡押韻的形式有數十種之多（參見江永《古韻標準》），變化多端；漢魏古風用韻平仄仍可兼用，轉韻也很自由。齊梁以後，用韻日漸窄狹，發展到近體詩的隔句押韻，韻必平聲，一章一韻到底，甚至排律也是如此。這種嚴整劃一的形式與詩人日趨複雜的心情是不相適應的。其他像平仄、節奏也不能隨著詩人的情調走，大手筆也只能在囚籠裡跳舞，没有充分的自由。

「五四」時期興起的白話詩，却徹底地衝破了古詩聲律的牢籠，側重向著詩歌內在的音樂節奏發展，就是說隨著詩人感情的起伏而變化，顯示出一種自然的節奏感和旋律感。

撐著／油紙傘，／獨自△
彷徨在／悠長、／悠長（平）
又／寂寥的／雨巷△，（仄）
我／希望／逢著
一個／丁香／一樣地△
結著／愁怨的／姑娘。（平）

這是戴望舒《雨巷》中的第一節。從整首詩來看，意思很簡單，就是一個撐著油紙傘的「我」，在雨巷中希望遇著一個丁香一樣的結著愁怨的姑娘。結果，姑娘飄去了，留下的是「淚花」和「惆悵」。這開頭幾行詩，實際上也只有三句，不過是分行排列著，但如果我們把它拆開來，它卻仍然是詩，它好像有一種特殊的音樂情調來打動我們的心坎。詩句基本上採用二音步和三音步交替運用，韻腳也是平仄變化；語言有雙聲疊韻，如「彷徨」、「一樣」；還有詞的重言複唱，如「悠長、悠長」，同時多用語助詞，字音的重讀與輕讀相間，加上「寂寥」、「雨巷」、「愁怨」等這些概念上淒清、聲音上輕清的文字，以及雨巷背景的襯托，就自形成了彷彿嘆息一般的音調，又好像使人聽到那斷斷續續的雨聲，表現出詩人在大革命失敗後的那種茫然和苦悶的情緒。

艾青說：「音樂性必須和感情結合在一起，因此，各種不同的情緒，應該有各種不同的聲調來表現。只有和情緒相結合的韻律，才是活的韻律。」（艾青《詩論》第一一七頁，人民文學出版社一九八三年版）同時又說：「詩必須有韻律，這種韻律，在『自由詩』（魏按：即指白話詩或新詩）裡，偏重於整首詩內在的旋律和節奏；而在『格律詩』裡，則偏重於音樂和韻腳。」（同上書，第一一五頁）這種「內在的旋律和節奏」，便是白話詩的音樂美，它不滿足於音樂的外表，追求的是詩人內心的音樂，或者說一種內在的情調。

從我國的新詩人，到國外的華爾特．惠特曼，以及卡爾．桑德堡，他們的詩都沒有明顯的、容易斷定的外在韻律，可是內在的韻律表現得非常和諧、動人。這就是生活本身提出的另一套「公式」，當然，我們在此肯定白話詩的這種音樂的美，也絕不意味著否定我國古詩音樂美的傳統。現在，我們也常聽到詩界某些人極力主張詩的「散文美」，而談到聲韻、對稱、排列之類的格律美，卻頗遇冷眼，這恐怕也是不妥當的。郭沫若說：「有情調的詩，雖然可以不必再加以一定的聲調，但於情調之上，加以聲調時（即有韻律的詩），是可以增加詩的效果的。古代的詩，有許多到了現在，也還永遠值得我們歌誦，便是因爲這個緣故。」（郭沫若《文藝論集》第二三六頁，人民文學出版社一九七九年版）

是的，我們需要有像杜甫那樣的格律嚴整的《春望》、《聞官軍收河南河北》之類的詩，也需要有像李白那樣奔放灑脫的《蜀道難》、《夢遊天姥吟留別》之類的詩，更需要有像郭沫若那樣的近於我們今天生活的自由收放的《女神》之類的詩。等等，這就是我們的生活！生活富有多種多樣的音樂，必然會有多種多樣的格調、節奏來表現。

中編

詩歌鑑賞的本體分析

如果說，一切文學作品都是形象思維的成果，那麼文學鑑賞也就是對於這一藝術成果的形象思維的探源。詩歌鑑賞，當然不能沒有鑑賞創造，而且顯得更為突出：詩歌的用語別是一家，和散文、小說等不一樣，因為詩人總是通過最精煉的語言展示生動的形象，在形象中來暗示自己的思想，追求「境生象外」的意境，顯示出「詩家語」的特色，同時也為我們在鑑賞詩歌時，造成一定程度上的困難。因而如何從豐富、飛動的藝術想像與聯想，並了解作者未必然，讀者何必不然的道理。從而知道詩歌鑑賞力的形成與發展，詩歌鑑賞的認識性與愉悅性，詩歌鑑賞與批評的關係。讓讀者領略詩歌鑑賞趣味的幾個問題，詩歌鑑賞趣味多樣性的形成，詩歌鑑賞趣味的衡量。

第三章　詩歌鑑賞的審美要求

一、高度的鑑賞創造

馬克思主義的文學理論强調：文學作品的傾向性應該從作品的情節或藝術形象中透露出來。作者的觀點愈隱蔽愈好。因而，這就導致了我們鑑賞文學作品時不能亦步亦趨，只從藝術形象中被動地接受一點東西，而應該主動積極地探索，去努力發現那隱藏在藝術形象深處的作者的初衷，甚至連作者自己也未曾認識到的東西。這種鑑賞文學作品時所特有的精神活動，我們一般稱之爲「鑑賞創造」或「再創造」。

高爾基說：「作家的作品要能夠相當强烈地打動讀者的心胸，只有作家所描寫的一切——情景、形象、狀貌、性格等等，能歷歷地浮現在讀者眼前，使讀者也能夠各式各樣地去『想像』它們，而以讀者自己的經驗、印象及知識積蓄去補充和增補。由作者經驗和讀者經驗結合一致，能夠產生藝術的真實——言語藝術的特殊說服力。而文學對於人們的影響力，也可以由這點來說明。」（高爾基《給青年作者》第七十一頁，中國青年出版社一九五七年版）由此也就可以說，沒有一定程度的鑑賞創造，不能以「自己的經驗、印象及知識的積蓄去補充和增補」詩歌形象，就不會有鑑賞的樂趣，反過來還會導致創作的平庸、淺薄，阻礙文學藝術的進步和藝術理論的發展。

如果說，一切文學作品都是形象思維的成果，那麼文學鑑賞也就是對於這一藝術成果的形象思維的探源。詩歌鑑賞，當然不能沒有鑑賞創造，而且顯得更爲突出。《詩人玉屑》卷六裡面提到王安石說的「詩家語」，就是說詩歌用語別是一家，和散文、小說等不一樣。因爲詩人總是通過最精練的語言展示生動的形象，在形象中來暗示自己的思想，追求「境生象外」的意境，從而顯示出「詩家語」的特色。這樣，詩歌給我們提供的藝術形象就更爲典型、更爲集中和更爲含蓄，因而也就給我們鑑賞詩歌相應地造成了一定的難度。如果我們用讀散文、小說的眼光去讀詩，就會忽略詩人苦心，不能體會到它的好處。聞一多說：「詩這東西的長處就在於它有無限度的彈性，變得出無窮的花樣，裝得進無限的內容。」（聞一多《神話與詩》第二〇五頁，人民文學出版社一九八二年版）無疑，詩歌內容的這種可大可小、可多可少的伸縮性，完全仰仗著每一個鑑賞者來掌握。高明的詩歌鑑賞者，總是放逐對鑑賞對象的刻板的摹寫和簡單的接受，而是調動自己豐富的想像，給詩歌形象以補充或改造，對詩歌進行藝術的鑑賞創造，充分張開詩歌的「强力結構」，擴大、豐富作品的內涵。

打個比方説，現在市場上有一種「方便麵（即泡麵）」，原來是煮熟了的，爲了便於保存和攜帶，就把它弄乾壓成一小塊，買來後只要用開水一泡，一會兒就泡開了，變成了一大碗，再加點澆頭什麼的，吃起來更是味美可口。詩歌鑑賞也就是這樣，要把詩所提供給我們的、經過詩人高度概括了的東西「泡」開來，還原到它原先的狀態中去，使之呈現出一幅幅生動逼真的生活圖景。再如果把自己放進去，身臨其境，當然會更富有意味。我們要把詩人濃縮了的東西完全「泡」開，這是詩歌鑑賞中必須經過的一道「工序」。不「泡」開，自然也就難以知道這包「方便麵」是什麼味兒。這個「泡開」的過程也就是高度鑑賞創造的過程。

我們不妨看看梁小斌的《我的虔誠的雙手》：

把手從胸前移開吧，
這是多麼簡單的動作。
中國啊，中國，
卻是經歷了一個時代。

乍一看來，詩似乎寫得不怎麼樣，把手從胸前移開，這是什麼話呢?殊不知，詩人正是選取了這樣一個特定的動作，象徵性地高度概括了那場人爲的「造神運動」，給中國人民帶來的巨大的災難。要真正理解這首詩，就需要讀者去體會，去補充，去創造，去聯想。

從「我的虔誠的雙手」，不能不使我們感到，在那人爲的「造神運動」的年月，人們把自己的領袖當成神一樣頂禮膜拜，把手放在胸前，拿著「紅寶書」，每天早請示，晚彙報，虔誠得在今天看來簡直有些不可理解。而更爲不解的是，這種麻木、愚昧竟然經歷了十年之久才得以放棄，這難道不值得我們認真反思嗎?詩人從這裡抓住一點展開詩思，雖然寫出來的只有一個細節，但它卻是囊括了無限的內容。我想，讀者在鑑賞這首詩的時候，誰也不會只是想到那「虔誠的雙手」吧?一切經歷了那個時代的人們，都會由此勾起很多痛苦的和可笑的回憶。

當然，詩的鑑賞創造總是不能離開詩的藝術形象的，對詩歌形象的理解是我們進行創造的關鍵。詩人只是把鮮明生動的形象展現在你面前，激發你的情緒，啓迪你的理智，使你感動，促你沈思。也就是說，詩的形象只是我們進行鑑賞創造的觸發劑，或者說只是意境得以生發出來的溫牀。我們再舉徐志摩的短詩《沙楊娜拉一首——贈日本女郎》來說說，詩是這樣的：

最是那一低頭的溫柔，
像一朵水蓮花不勝涼風的嬌羞，
道一聲珍重，道一聲珍重，

那一聲珍重裡有甜蜜的憂愁
——沙揚娜拉！

這首詩初看起來也是很簡單的，不過是寫詩人與一位日本女郎道別時的情景，詩中著重用了「像一朵水蓮花不勝涼風的嬌羞」這個比喻來形容對方的情貌，接著是直敍告別的話（「沙揚娜拉」是日語「さようなら」的擬音，意爲「再見」、「珍重」）。總之，詩中的形象是比較明晰的。但是，如果我們不再進行積極的鑑賞創造，就不可能得到更多的東西，也就失去了鑑賞的意味。試想：詩人爲什麼要用「水蓮花」來形容那位日本女郎呢？爲什麼説她「不勝涼風的嬌羞」呢？又爲什麼説：「那一聲珍重裡有甜蜜的憂愁」呢？等等。我們把詩中形象所提供出來的這些問題再連起來思索，就會想像出那女郎的美麗、多情，水蓮花似的嬌嫩；還會想像出詩人和這位女郎的親密友誼……這樣細細品味，甚至還可以把自己「移入」到那幅離別動人的情景中去，詩人好像就是自己，那位日本女郎好像就是自己的某個女友或愛人，將會更興味無窮。這就是鑑賞鑑賞創造的藝術效果。

鑑賞創造之於詩歌鑑賞，的確存在著不可須臾分離的關係，所以有人説，詩歌鑑賞者本身就無異於是半個詩人，這是很有道理的。十六世紀英國詩人約翰生説：「只有詩人，而且並非一切詩人，只有第一流的詩人，才有批評詩人的本領。」（轉引自《朱光潛美學文學論文集》第一一七頁，湖南人民出版社一九八〇年版）這話雖然說得有些過頭，但能給我們以有益的啓示。我們有些詩歌鑑賞者並未理解，好的藝術總是詩人與讀者的共同創造。詩人總是期冀著鑑賞者對於作品的加入，作品不過是作爲未完成的開放式的（而不是封閉式的）存在展現在讀者面前，以最大的可能吸引、調動鑑賞者的再創造。如果一個鑑賞者一點也不懂得詩歌藝術的表現規律，也不善於形象地再創造，感情冰結，理解刻板，就不僅不能完整地鑑賞詩，得不到鑑賞的愉悅，甚至對於詩人往往有隔膜的感覺。

一切好詩總是留給鑑賞者廣闊的鑑賞創造的天地，詩歌的價值在很大程度上是依賴於鑑賞者的。不過，這裡應該提醒的是，鑑賞者的創造，畢竟與詩人的創造不同，詩歌形象，對於鑑賞者來說，卻是一個藝術形象的客觀存在，說到底，也就是客觀生活的詩歌形象的藝術存在。所以，鑑賞者的創造，是不能脫離這個藝術的客觀存在去天馬行空、漫無邊際地進行的。

詩歌鑑賞需要鑑賞創造，但它又不能不帶上鑑賞者的一些主觀色彩，總是要受到鑑賞者的思想水平、生活經驗以及藝術修養等條件的制約。各人的情況不同，再因爲所鑑賞的詩歌內容的差別，往往還會表現出不同的鑑賞創造。

比如有的是結合自己的生活閱歷和實踐經驗去充實詩中的藝術形象，使作品中所再現出的生活情景完整、逼真地呈現出來。這種鑑賞創造基本上是忠實原作，只是力求將原作中所提供的東西「泡」開來。在我們鑑賞那些描寫祖國河山田園之美的景物詩時，常常表現爲這種情形。請讀方岳的《農謠》：

漠漠餘香著草花，森森柔綠長桑麻。
池塘水滿蛙成市，門巷春深燕作家。

從這首詩裡，就可以想像出這樣一派生機勃勃的景象：大地花草飄香，陌上桑麻茂密，樑間燕子營巢，池中蛙聲陣陣……萬物各得其趣。在這鑑賞創造中，我們覺得它美，覺得它逼真，就是因爲我們在鑑賞創造中揉合進了我們自己的一些生活經驗。但儘管如此，我們鑑賞的主觀色彩還是較淡薄的，沒有什麼更多的創造與生發。

也有的是不停留在完整、逼真的情景中，而是注意揭示形象所引發的意蘊，以求得更深意義的美的享受。在鑑賞那些詠物詩，詠史詩時，常常表現爲這種情形。

還有的是從詩歌作品的本質意義由此及彼，由表及裡，展開積極的富有極大主觀性的鑑賞創造。特別是鑑賞那些藝術形象高度概括、高度含蓄的詩作會表現出這種情形。這種鑑賞創造的結果，有時甚至連作者自己也沒有意識到，而被一些鑑賞水平較高的鑑賞者所發掘。即古人所謂「作者之用心未必然，而讀者之用心何必不然。」（譚獻《復堂詞錄序》）這一點，目前尚有爭論，涉及的問題也較多，但它在詩歌鑑賞中又有突出的地位，所以我們將在本章第三節中詳細闡述。

二、豐富、飛動的藝術想像與聯想

詩歌鑑賞需要鑑賞者的再創造，而「真正的創造是藝術想像的活動。」（黑格爾語，轉引自《古典文藝理論譯叢》第十一冊第四十七頁，人民文學出版社一九六六年版）何其芳的《聽歌》寫他欣賞歌聲時的心理活動，完全是藝術的想像在起作用：

它時而唱得那樣低咽，
像夜晚的噴泉細聲飛射，
圓圓的月亮從天邊升起，
微風在輕輕地搖動樹葉；
它時而唱得那樣高昂，
像與天相接的巨大波浪，
把我們從陸地上面帶走，

帶到遼遠的藍色的海洋。

隨著歌聲的起伏變化，一會兒想到噴泉的飛射，一會兒想到圓月的初昇，一會兒想到樹葉的顫動，一會兒想到波浪的洶湧，一會兒又想到海洋的遼闊……正是在這豐富、飛動的想像中，在對噴泉、海洋等生活場景的重新體味中，鑑賞者得到了藝術的享受。

何景明說：「詩文有不可易之法者，辭斷而意屬，聯類而比物也。」（何景明《與李空同論詩書》）辭斷意屬，跳躍性強，留下的空白大，供讀者想像、補充，進行再創造的餘地也就比較大。詩歌創造的這一特點，也就決定了詩歌鑑賞不能就詩論詩，而要通過詩中有限的意象，調動自己豐富、飛動的藝術想像，去捕捉和體會更深一層的東西，即超越這些意象本身的「象外之形」、「弦外之音」，含咀英華，咀嚼詩味。譬如我們來讀漢樂府《江南》：

江南可採蓮，蓮葉何田田！魚戲蓮葉間：魚戲蓮葉東，魚戲蓮葉西，魚戲蓮葉南，魚戲蓮葉北。

這首詩語意十分簡單，似乎並沒有什麼意味。但讀者試著平心靜氣，涵詠此詩，則恍惚聽到採蓮女們羣歌互答的聲音，看到採蓮女們嬉戲遊樂的場景。作者簡直是以兒童的天真在觀察自然,「魚戲」四句,好像一個孩子伸著小手在指東道西一樣。他只告訴你魚兒忽東、忽西、忽南、忽北,鏡頭是跳躍的,其中的情景與樂趣全靠你去想像。正是這些跳躍的句子,這種天真可愛的口吻,顯示出一股活潑潑的勁兒,也就能夠挑逗起人們那好多好多美好而有趣的勞動場景啊!但如果我們這裡不借助想像的助力,那這首詩恐怕就了無餘味了。

詩歌是一種特別能啓發人想像和聯想的藝術,有的鑑賞家能對短短幾句詩做出幾千字的分析,我們不能不佩服他們敏銳的感受,獨到的分析以及進行藝術想像的本領。還有的鑑賞家不僅想像豐富、飛動,而且優美、新鮮、充實,叫人讀後恍惚如臨其境、如聞其聲、如見其人,充滿著甜蜜的逼真的生活圖景的復呈。你看俄國果戈理是這樣評論普希金的詩歌的:

他這個短詩集給人呈現了一系列最眩人眼目的圖畫。這裡是一個明朗的世界,那只有古代人才熟悉的世界,在這個世界裡自然是被生動地表現了出來,好像是一條銀色的河流,在這急流裡鮮明地閃過了燦爛奪目的肩膀,雪白的玉手,被烏黑的鬈髮像黑夜一樣籠罩著的石膏似的頸項,一叢透明的葡萄,或者是為了醒目而栽植的桃金娘和一片樹蔭。這裡包含著一切:有生活的享樂,有樸素,有以莊嚴的冷靜突然震撼讀者的瞬息崇高的思想。……這裡沒有美的辭藻,這裡只有詩;這裡沒有外表的炫耀,一切是單純的,充滿了並非突然呈現的內在的光彩。一切是那麼簡潔,這才是純粹的詩。話是不多的,卻都很精確，富於含蘊。每一個字都是無底的深淵；每一個字都和詩人一樣地把握不住。因此就有這種情形，你會把這些小詩讀了又讀。……

——別林斯基引，見查良錚譯《普希金抒情詩集》附錄，平明出版社一九五五年版

這與其說是評論，倒不如是心靈的活生生的鑑賞記錄，其中充滿了鑑賞者多少優美、新鮮和充實的想像啊！而且在大批評家別林斯基看來，果戈理的這些描述，「是比我們在這裡無論怎樣做文章都說得更多而且更好的。」這對我們應該如何讀詩不是有很多的啓示嗎？

優秀的詩歌作品，總是這樣充分的發揮詩人的想像力，同時又盡力調動讀者的想像力，儘可能以有限的意象，概括儘可能豐富的生活內容，「微塵中有大千，刹那間見終古，」激發讀者的想像，從中獲得美的享受。司馬光《讀詩話》中總結這一點說：「古人爲詩，貴於意在言外，使人思而得之。」一般來說，我們覺得某一首詩寫得很好，也就是因爲它能喚起讀者甜美的想像罷了，耐人回味。因此，古代詩論家也常常以詩歌是否有想像回味的餘地來作爲品評的重要標準；相應地，詩家也以直突畢露，以作者的想像力去代替讀者的想像力爲大忌。比如詩人說：「野火燒不盡，春風吹又生」（白居易《賦得古原草送別》），你就要想到春天那蓬蓬勃勃的生機，也要想到詩人對朋友綿綿不斷的懷念，同時還會想到新興事物所具有的旺盛的生命力；詩人說：「沈舟側畔千帆過，病樹前頭萬木春，」（劉禹錫《酬樂天揚州初逢席上見贈》）你就會想到詩人被貶

以後的孤憤與牢騷，詩中「沈舟」和「病樹」都是用來自況的，當然還可以想得更開一些，從「千帆過」、「萬木春」看到事物發展的新陳代謝的規律；詩人說，「如果你是火／我願是炭／想這樣安慰你／然而我不敢」（舒婷《贈》），你就會想到這一對情人是如此地真誠相愛，然而卻因某些客觀原因不能接近，或許想到十年內亂的生活對人的心靈的扭曲，當然還可以想到你對某一傾心的事物的執著追求而不能如願以償等等。有了鑑賞者的這些豐富、飛動的藝術想像，就會賦予詩歌作品以生生不已的生命力。這樣的鑑賞，才會是主動的、積極的、有意義的。

詩歌鑑賞的藝術想像的範圍無限廣闊，我們看以下這些詩句：

迢迢牽牛星，皎皎河漢女。纖纖擢素手，札札弄機杼。

——《古詩．迢迢牽牛星》

精衛銜微木，將以填滄海。刑天舞干戚，猛士固常在。

——陶潛《讀〈山海經〉》

像雲一樣柔軟，／像風一樣輕，／比月亮更明亮，／比夜更寧靜／——人體在太空裡遊行。

——艾青《給烏蘭諾娃》

他用扭曲的手把巉岩抓住；／上頭近太陽，地屬荒涼的區域，／環以蔚藍的廣宇，他就立彼處。／起縐紋的海水在他下面爬；／他從峭壁處注目瞭察，／他像雷霆一般沖下。

——英國：丁尼生《鷹》

讀著這些詩句，我們無不和詩人一起，在藝術的天地裡漫遊，充滿著上天入地、奇特瑰麗的飛動的想像。從另一方面來講，鑑賞詩歌又不僅僅只是再現詩的意境，常常還要給詩的意境以生發或鑑賞的創造，因此，鑑賞想像與詩人的創作想像相比，實有過之而無不及的地方。

詩歌鑑賞的藝術想像有多種類型，但運用得最多的還是聯想。根據聯想所反映的事物間的不同關係，聯想又可分爲幾種不同的類型。如果鑑賞者在鑑賞詩歌時，想起了和詩歌意象在性質上或形態上相似或相近的事物，使人產生由此思彼或由彼思此的想像，即可叫做相似聯想或類似聯想。「忽如一夜春風來，千樹萬樹梨花開」（岑參《白雪歌》），就詩人說，是從大雪壓滿千樹萬樹的枝頭想到「梨花開」；就讀者說，是從「梨花開」的意象想到瑰麗的雪景。雪與梨花都是白色，在性質上有類似之處，這便是類似聯想。

再如詩歌中「比興」的方法，也是以類似聯想作爲心理基礎的。「比」是「以彼物比此物」，顯然是由兩物有一定的相似性或共同性，因而引起相似聯想。「興」是先言他物以引起所詠之詞」，也是由於兩者之間有共同或相似之處才能聯繫起來，所以也和類似聯想有關。

還有的詩，在詩人創作時就運用了連鎖性類似聯想，那麼我們鑑賞時就更應調動這種想像，否則便無法鑑賞。如唐代詩人李賀的《秦王飲酒》裡的「敲日玻璃聲」，如只就字面看來，有誰能夠解釋呢？原來是因玻璃與日都有光亮，於是詩人就拿玻璃比日，接著聯想到因玻璃在敲擊下有聲，於是又設想敲打太陽，太陽也會發出玻璃聲了。

再比如綠原的《小時候》有這樣一節：

小時候，
我認識字，
媽媽就是圖書館。
我讀著媽媽——

媽媽與圖書館，我與媽媽，這其間同樣也運用了連鎖性的想像，曲折地表現了事物的內在美感。這種情況，是值得我們注意的。

還有一種叫做接近聯想的，比如從「池塘生春草，圓柳變鳴禽」聯想到季節的變換，也就是由一個事物想到在空間上或時間上接近的另一事物。接近聯想和類似聯想有時交織在一起，像康白情的《和平的春裡》：「遍江北底野色都綠了。／柳也綠了。／麥子也綠了。／細草也綠了。／水也綠了……」柳、麥子、細草、水。它們既在性質上有所類似。而且又是同時發生的，在我們思想上很容易喚起接近和類似聯想。

如果聯想是由於對詩歌意象的感知而引起的和它具有相反特點的事物的回憶，可以從對比想像中看清事物的對立面，認識出事物之間的共性與個性。人們又把這種聯想稱之爲對比聯想。比如「朱門酒肉臭，路有凍死骨；」（杜甫《赴奉先詠懷》）「橫眉冷對千夫指，俯首甘爲孺子牛」（魯迅《自嘲》）等，不論是詩人創作還是讀者鑑賞，這裡都要運用對比聯想。王籍有兩句詩：「蟬噪林逾靜，鳥鳴山更幽」（王籍《入若耶溪》），王安石認爲「一鳥不鳴山更幽」（見曾季狸《艇齋詩話》），鳴與不鳴，相反相成，鑑賞者完全從詩歌意象的反面進行想像，各有其趣，這即是鑑賞時的對比聯想。

總之，詩歌鑑賞中的藝術想像，對於充分認識詩歌的思想和藝術價值、進行藝術形象的再創造有很大作用，也是必不可少的。正如康德所說：「爲了判別某一對象是美或不美，我們不是把（它的）表象憑借悟性連繫於客體以求得知識，而是憑借想像力（或者想像力和悟性相結合）連繫於主體和它的快感和不快感。」（康德《判斷力批判》）上冊第三十九頁，商務印書館一九六四年版）

只有借助於藝術想像，詩中的意象才會紛紛呈現在我們的眼前！

只有借助於藝術想像，詩中的意象才會形成優美動人的意境！才會有如見其人、如歷其事、如臨其境的感覺！

只有借助於藝術想像，才會充分玩味詩歌的韻外之致、言外之意！

只有借助於藝術想像，才會再創造出更豐富、更新鮮、更美好的圖景！也才能賦予作品以生生不已的生命！

三、作者未必然，讀者何必不然

王國維在《人間詞話》中有這樣一段話：

古之成大事業、大學問者，必然經過三種境界。「昨夜西風凋碧樹，獨上高樓，望盡天涯路，」此第一境也。「衣帶漸寬終不悔，為伊消得人憔悴，」此第二境也。「眾裡尋他千百度，驀然回首，那人卻在燈火闌珊處。」此第三境也。

王氏這裡所摘引的句子分別出自晏殊的《蝶戀花．檻菊愁煙蘭泣露》、柳永的《鳳棲梧．佇立危樓風細細》和辛棄疾的《青玉案．元夕》這三首詞。就原作來看，晏殊的詞是寫閨思；柳永的詞是寫一位男子的相思；辛棄疾的詞是借「那人」與衆不同的性格來自況抒懷。就是說，這三首詞的內容，跟「成大事業、大學問」可以說是沒有什麼聯繫的，但經王氏這樣一番鑑賞創造，便十分生動而貼切地描繪出了「成大事業、大學問」的三種境界。「獨上高樓，望盡天涯路」，是指要有遠大理想，登得高，望得遠，這是第一步；有了理想接著就要矢志追求，堅持不懈，像得了相思病一樣，即使「憔悴」了，也在所不惜，這是第二步；經過這樣一番努力，所追求的東西最後就會出現在自己面前，豁然貫通，取得成就，終於達到目的。這些與原詩的閨思、相思等有什麼相干呢？但王氏的這種鑑賞創造又有什麼不好呢？我們不得不稱讚王氏這種「移花接木」的鑑賞創造，的確豐富了原作內容，給人以一種「襲故彌新」的感覺。同時我們也以爲，這也正是由於詩歌的審美特徵所決定了的，正是因爲詩歌「有無限的彈性」的緣故。

正是如此，積極的詩歌鑑賞並不只是求得與詩人的思想相感通，根本的是從中獲得自己對生活的一種認識，咀嚼、玩味那有藝術魅力的詩句來滿足自己的美感享受。所以，在詩歌鑑賞中，常常不免會帶有明顯的主觀色彩，甚至有時會超出作者創作時的初衷，發掘出作者未曾意識到的東西。我們覺得，這種鑑賞現象不僅是普通的、正常的，而且也是應該給予肯定的。那種只是滿足於詩人情感的共鳴，或者停留在爲古人作品做注疏的階段的鑑賞，是消極的、不正常的。它固然是積極鑑賞的基礎或必要階段，但不是我們詩歌鑑賞的最後目的。

類似上面王氏的鑑賞例子，我們還可以隨手舉出很多：

《詩經》中有一篇《蒹葭》的抒情短章，一般人都認爲是用來寫男女戀情的，下面是其中一章：

蒹葭蒼蒼，白露為霜。
所謂伊人，在水一方。
溯洄從之，道阻且長；
溯游從之，宛在水中央。

對這首詩，香港文學評論家璧華則以爲：「永遠不斷地追尋，這就是生活的真諦。用藝術形式來表現這個詩意的生活真諦的作品，不獨外國有，中國也不少……詩中的『伊人』並不是僅指心上人，而是象徵著想像中的美的事物……這是《詩經》中最具現代情調的詩作之一，詩裡象徵形象具有十分豐富的內涵。」（《幻美的追尋》第一一七頁，香港天地圖書有限公司一九八一年版）也正因其內涵的豐富，所以鑑賞者也就完全可以各以其情而自得了。

柯勒律治有首很著名的詩，叫《古舟子詠》，但如何理解它呢？卻頗有分歧。愛德華・E・福斯說：「有的人認爲它極出色，有的則認爲極荒誕；一個評論家用《聖經》語句爲每行詩句都做了注釋，而另一位則不理解爲什麼要對一隻鳥小題大做；現在的批評家（戴維貝爾斯）在詩中發現了對一個口淫同性戀者系統完整的刻畫，另一位（艾爾德·奥爾森）聲稱此詩並非一定有什麼深刻含義，它就是一首優美的詩。」（麥吉爾《世界名著鑑賞大辭典·詩歌》第六四四頁，中國書籍出版社一九九〇年版）對此，詩人柯勒律治便爲《古舟子詠》第五版親自做了注釋，看來詩人並不想此詩成爲永遠沒有謎底的謎語。然而，這對於我們鑑賞者來說又有何妨呢？

當代詩人流沙河有一首小詩《楓與銀杏》：

一個說秋天是紅色的，
一個說秋天是金色的，
畫家說秋天是各種色彩，
秋天說我沒有任何顏色。

這首詩的概括力極强，我們也難以肯定作者的真正寓意，但我們是可以從各不相同的角度去鑑賞創造的。有的以爲是對主觀主義的諷刺：楓和銀杏都以自己的色彩來推斷整個秋天的色彩；畫家卻以藝術的眼光來觀察秋天。這些都是以主觀代替客觀，犯了以偏概全的錯誤。有的則以爲是對那些阿諛捧場的小人的嘲笑：楓、銀杏和畫家都各以其讚美之詞來討好「秋天」，「秋天」

是正面形象，在讚美面前卻仍然保持著清醒的頭腦。等等。

好了，例子舉到這裡，完全可以說明詩歌鑑賞是不囿於原意的鑑賞創造，是普遍存在的一種現象。一方面，讀者鑑賞詩歌，總要加上自己的理解，而聯想的內容，自然也不一定盡能符合作者的意思；另一方面，作者要表達一個意思，也不一定就都能如願地表達出來了，讀者有時常常直接從形象本身得出自己的理解。卞之琳有一首很著名的詩《斷章》：

你站在橋上看風景，
看風景人在樓上看你；
明月裝飾了你的窗子，
你裝飾了別人的夢。

過去，人們一般認爲這詩無非是表現人都在互相「看」，互相「裝飾」，人生都好像演戲一樣，自己既是被人「看」的，又是「看」人的觀衆，表現出對人生虛無的悵然。但後來有人求教於卞之琳，詩人卻認爲此詩是表達一種相對的、平衡的觀念。所以你把「我」當風景，「我」也把「你」當風景，「你」「我」的形象互相換在對方的窗口與夢中。鑑賞者的理解與作者的原意產生了很大的距離，但實際上，你能説人們對於《斷章》詩的理解没有道理嗎？這不禁使人想起清末詞人譚獻在《復堂詞錄序》中所説的話：「作者之用心未必然，讀者之用心何必不然。」意思是説，作者在創作某作品時未必有這個意思，但讀者在鑑賞作品時，何嘗不可以依照自己的想法、心情去鑑賞創造呢？我們以爲，這話説得很好，也最明確不過，它實在是詩歌鑑賞的一個極其重要的特徵。

我國傳統的詩論都主張言近旨遠、含蓄蘊藉，因而也就決定了我們鑑賞詩歌不要把詩人的語言看得太死，太狹窄。作者未必然，而讀者未必不然的詩歌鑑賞現象，實際上早就爲人們所注意了。

漢儒董仲舒就曾把這一現象總結爲「詩無達詁」（《春秋繁露．精華》）。當然，「詩無達詁」，誠然是爲漢儒解經製造的理論根據，目的完全在他們的斷章取義，以符合儒家正統的解釋。但「詩無達詁」的確也客觀上揭示出了這樣兩層意思：一是表明詩的語言不能照字面上去直解，鑑賞者需要調動積極的形象思維去進行藝術的鑑賞創造；二是表明詩的語言具有「彈性」，不同的鑑賞者可以在同一詩中發現不同的東西，這其中當然也有與作者之用心不相吻合的，見仁見智，各美其美。總的來説，董仲舒之所謂「詩無達詁」意即《詩經》裡的詩都没有一個標準而通達的解釋。這句話本身也就肯定了作者未必然，而讀者何必不然的詩歌鑑賞現象，「詩無達詁」正是由此而來的。

我們承認作者未必然，而讀者何必不然的詩歌鑑賞，同時也就肯定了「詩無達詁」的存在，那豈不成了「瞎子斷扁」似的詩歌鑑賞了嗎？不是的。肯定「詩無達詁」現象的存在，絕不等於説鑑賞者就可以憑著自己的主觀臆斷去信口雌黄，正如我們肯定詩歌鑑賞的主觀再創造，絕不意味著可以拋開詩歌藝術形象的客觀存在一樣，否則，這無異於説詩歌藝術成了一個不可知的未知數了。

董仲舒之後，又有很多詩論著作涉及到作者未必然，而讀者何必不然的鑑賞問題。王夫之説：「作者用一致之思，讀者各以其情而自得。」（王夫之《薑齋詩話》卷上）「人情之遊也無涯，而各以其情遇，斯所貴於有詩。」（王夫之《詩繹》）顯然，王氏的話也包含了作者未必然，而讀者何必不然的意思。當代，郭沫若對此説得更為全面清楚：「對於詩詞，讀者在合理的範圍內是可以有解釋的自由的，讀者在詩詞中可以創造新的意境，所謂『仁者見之謂之仁，智者見之謂之智』，各人的解釋可以不必相同，甚至可以和作者的原意不一定完全若合符契。」（見《星星》一九五八年第十期）

鑑賞中的這種情況，在國外也有人注意到了。T·S艾略特在他的《詩歌的音樂》中解釋了這種合理性：「一首詩對於不同的讀者可能顯示出多種不同的意義。這些意義可能並不是作者的原意。」「而一個讀者的解釋，雖不同於作者的原意，有時卻同樣得當，甚至比作者原意更好。因為一首詩原可能存在有不為作者所自知的更多的意義。」（轉引自葉嘉瑩《迦陵論詞叢稿》第三四六頁，中華書局一九八四年版）西諺所謂「有一千個讀者就有一千個漢姆萊脫，」（見王朝聞《以一當十》第一一四頁，人民出版社一九八五年版）這與董仲舒的「詩無達詁」相差無幾。在以上這些類似的論述裡，我們是可以得到很多啓示的。

歷史在不斷發展，人們的思想也越來越豐富，而詩歌藝術形象本身又極富有暗示性和啓示性，同時，詩歌鑑賞又總是要受到鑑賞者的思想水平、生活經驗以及藝術修養等條件的制約，各人的情況不同，往往也就表現出不同的鑑賞結果，從不同的角度去進行鑑賞創造，借他人之酒杯澆自己之塊壘都是經常的，也都是自然的。馬克思曾經把文學創作和鑑賞的關係比作物質產品生產和消費的關係。（《政治經濟學批判導言》《馬克思恩格斯全集》第十二卷，第七四二頁，人民出版社一九六二年版）那麼，詩歌鑑賞也是完全可以各取所需，各喜其好的。尤其是讀古人的作品，如果僅僅要求體會作者的用心這是遠遠不夠的。我們今天的世界觀，以及生活、知識結構與古人已經有很大的不同，我們既有可能歷史地理解、評價古人的作品，也應該站在我們今天的認識高度，去積極地鑑賞古人的作品，舉一反三，觸類旁通，發掘出前人所未必有的新東西。作爲一個真正的詩人，不論是古代詩人還是現代詩人，他們的創作思想都是站在那個或這個時代的前面的，而我們今天鑑賞他們的作品，總是不敢越雷池一步，甚至還老是向後看，力求與古人的思想保持一致，或者滿足於共鳴，這樣的鑑賞有什麼益處呢？而我們又何苦還要去鑑賞詩歌呢？

我們肯定作者未必然，而讀者何必不然的詩歌鑑賞，有人會擔心因此而造成的「詩無達詁」

給詩的評論將要帶來混亂，這是沒有必要的。首先，我們前邊說過，鑑賞與評論是有區別的。鑑賞主要是滿足個人的審美要求，見仁見智，各美其美，無可非議。但評論則不只是涉及到評論者一個人的事了，關係到作品的社會價值問題，因而一定要力求客觀，不能有偏愛或偏見。其次，我們所肯定的「詩無達詁」，無非是允許詩歌的鑑賞創造的種種差異的存在，但這種種差異又應該是合乎情理的。這個情理是什麼呢？那就是鑑賞的結果與作者的「一致之思」應該有一定的聯繫。比如說，在我們心目中縱有一千個面目各異的哈姆雷特，但終究不能失掉哈姆雷特「這一個」人的根本氣質和特點，而不是一個與之毫不相干的其他任何人。鑑賞者的種種差異只能從作品的「一致之思」出發，這樣的鑑賞創造才會與作者的「一致之思」相互輝映，也正如王夫之所說的「斯所貴於有詩」。因此，我們肯定「詩無達詁」並不意味著肯定漢儒的穿鑿附會、捕風捉影的詩歌鑑賞。

第四章　詩歌鑑賞的本質

一、詩歌鑑賞力的形成與發展

詩歌鑑賞並不是一件特別神祕的事情，應該說，只要智力正常，人人都可以進行詩歌鑑賞。在湖南，很多人小時候都唱過這樣的歌：

蟲蟲飛，蟲蟲飛，飛到高山喝露水，露水喝不到，回來吃青草。
蘆葉寬，蘆葉長，做隻船兒過長江，掐片蘆葉當船槳，不怕風，不怕浪，跨過長江打老蔣。

兒童們唱著這些歌，彷彿看見蟲兒、露水、青草就在眼前，而蘆葉船兒不怕風、不怕浪，過江打老蔣的情景更是歷歷如畫，唱起來也覺得活潑而有趣，蹦蹦跳跳，恰如郊野中的一匹匹快樂的小綿羊。實際上，這就是詩歌鑑賞的初步了。

可見，詩歌鑑賞是誰都可以做的，但是要知道，這自然不是自覺的、更深層次的詩歌鑑賞，詩歌鑑賞不只是這麼一回事。

有這樣一個笑話：著名紅學家吳世昌與友人的信中，談到了自己青年時代聽過一位老先生講李商隱《錦瑟》詩，一開始就搖頭晃腦地念：「錦瑟無端五十弦」，隔了半晌，說了一聲「好」！接著和最後，也皆是如此這般。（參見《讀書》一九八〇年第七期）這種鑑賞，未能通過形象道出半點好在哪裡的箇中滋味，實際上沒有進入鑑賞的境界，故只好「好」個不停了。

由此，不禁使我們又想到另外一個例子：《左傳》記載，春秋時季札觀賞風、雅、頌詩，一開頭也發出「美哉」的讚嘆，但他就没有到此止步，「美哉」底下的「淵乎」、「泱泱乎」等等，都是一一作的具體評價，至於評價是否恰當，可另作別論。這裡稱道季札的，是他發揮了自己的積極思維進行想像，能夠結合詩樂特點探討各國的民情風俗和周政的盛衰。傾吐了「美哉」的所以然，畢竟進入了鑑賞境界。

是的，鑑賞詩歌的人應該具有鑑賞詩歌的能力，而且，詩歌鑑賞能力的强弱與否，它直接決定著我們鑑賞水平的高低。有的人鑑賞詩歌，他口裡念念有詞，但心裡卻無動於衷，作品對於他來說，似乎只是一些順序排列的漢字，這就說明他没有詩歌鑑賞力，也就不可能鑑賞了。還有的人鑑賞詩歌，心情非常激動，長吟密詠，讚嘆不已。如果有人問他：「你為什麼這樣激動呢？它好在哪裡呀？」他卻回答不來，或者像上面的那位老先生一樣只知道說：「好！」實際上，他對這首詩也並沒有深切的體會，這是鑑賞力差的表現。一個真正具有較强詩歌鑑賞力的人，他應該不僅能為詩歌內容所感動，與詩人發生共鳴，而且還能看出詩歌到底好在哪裡，為什麼能給人以强烈的藝術感受。要達到這種境界，就得具有一定的詩歌鑑賞力才行。

所謂詩歌鑑賞力，簡單地說，就是我們閱讀詩歌時所表現出的一種欣賞、鑑別的能力，它是由人的思想水平、生活閱歷和詩歌修養等多種因素所構成的。那麼，這種能力又是從何而來的呢？又怎樣來提高這種能力呢？

關於詩歌鑑賞力的形成，有的說，人的這種鑑賞能力是神的意志，是神賦予的；也有的說它完全是一種主觀的東西，是一種天然的秉賦。麥吉爾主編的《世界名著鑑賞大辭典》「詩歌卷」轉述詩人亞歷山大·蒲柏的話：「像詩人的天才一樣，判斷力或『真正的鑑賞力』也是天生的，每個人生來都具有一定的鑑賞力，如若不受不良的教育或其他缺點的影響，這種鑑賞力是可以使批評家進行適當判斷的。」（麥吉爾《世界名著鑑賞大辭典·詩歌》）第五二九頁，中國書籍出版社一九九〇年版）果真是這樣的嗎？按照他們的說法，「好作品」只有少數「天才」才能鑑賞，「那麼，推論起來，誰也不懂的東西，就是世界上的絕作了。」這豈不荒唐可笑嗎？而作為詩歌這種文學中最精練的藝術，我們恐怕就更是沒有那種「福氣」了，只好望而卻步。

其實，詩歌鑑賞力的獲得並不是一種神祕的事，它是在人們長期的社會實踐中歷史地形成和發展的，它完全是人們後天實踐的結果。

爲什麼這樣說呢？我們先可以從人類詩歌鑑賞力的發展過程來證明。我們知道，人類最初是和動物一樣混沌不分的，是大自然的一個自在的部分。這個時候，人除了有動物一樣的本能外，根本談不上有什麼詩歌鑑賞力，而且對朝霞彩虹、鳥語花香等自然景物也毫無興趣。毋庸置疑，人類詩歌鑑賞力的產生首先必須要具備這樣兩個條件：一是人的感覺器官必須從一般動物的純生物性的感覺器官分化出來，發展成爲一種人類所獨有的「文化器官」；二是必須有鑑賞的對象，即詩歌的存在。怎樣使這兩個條件變成現實呢？就只能依靠人類不斷地社會實踐來完成。在這個漫長的轉變過程中，人類的社會實踐始終是起決定作用的。在長期的社會實踐中，人漸漸變得聰明靈活起來，感受器官也愈來愈精細，並從像動物那樣對世界做出消極的反映，轉變爲積極能動地去認識世界，具有了思維、情感、意志、聯想等心理活動。也就是說，具備了鑑賞詩歌的心理結構。

要鑑賞詩歌，具備了鑑賞它的心理結構是不夠的，還得有詩歌的存在。我們認爲，人類最初的詩歌鑑賞力就是伴隨著詩歌的產生而產生的。而詩的產生，也是和人類的社會實踐息息相關。我國漢代輯成的《淮南子．道應訓》裡有這樣的記載：「今夫舉大木者，前呼邪許，後亦應之。此舉重勸力之歌也。」魯迅也曾說過：「我們的祖先的原始人，原是連話也不會說的，爲共同勞作，必須發表意見，才漸漸地練出複雜的聲音來。假如那時大家擡木頭，都覺得吃力了，卻想不到發表，其中有一個叫道：『杭育杭育』，那麼，這就是創作。大家也要佩服，應用的，這就等於出版；倘若用什麼記號留存了下來，這就是文學……」（《門外文談》，《魯迅全集》第六卷第七十五頁，人民文學出版社一九八一年版）原始人在勞動過程中，爲了協同動作、減輕疲勞，就會發出「杭育杭育」這樣有節奏的聲音。這種有節奏的聲音，即是人類最早的「舉重勸力之歌」，它就隨著勞動過程的節奏和音響而產生的。

從原始人的「杭育杭育」這樣簡單的歌唱中，我們還可以設想，他們一邊勞動，一邊歌唱，這樣做，會給他們帶來一種什麼結果呢？那就是能夠使人消除疲勞，鼓足幹勁，團結一致，勞動的效率也會大大提高。這樣，人們就會逐漸感覺到，這種有節奏的歌唱是幫助組織勞動和相互表達感情的需要和手段，自然地也就產生了對詩歌的一種最初的審美認識。他們對自己所創作的作品的肯定，這就是鑑賞，它標誌著人的自覺的詩歌鑑賞力的產生。同時，隨著人們這一鑑賞力的產生，自然又會促使他們去追求、捕捉、創作更好和更動聽的詩歌。相傳黃帝時代就出現了「斷竹、續竹；飛土，逐肉，」（《彈歌》，見《吳越春秋》）這樣比較複雜的表現勞動生活的詩歌了。這些使我們看到，人們是在社會實踐中逐步掌握了征服自然的某些規律，他們感到高興，感到自豪。這個時候，他們既是詩的創作者，也是詩的鑑賞者。這一事實，就使我們懂得，人們通過勞動創造了詩歌，同時也創造出了懂得詩歌和能夠鑑賞詩歌之美的人民大衆。

恩格斯說：「人的思維的最本質和最切近的基礎，正是人所引起的自然界的變化，而不單獨是自然界本身；人的智力是按照人如何學會改變自然界而發展的。」（《馬克思恩格斯選集》第三卷第五五一頁，人民出版社一九七九年版）這就清楚地說明，人的思維能力，包括詩歌鑑賞能力，只有在改變自然界的社會實踐中產生、發展和提高。

同樣道理，具體到我們每一個人來說也是如此。無論是誰，他從娘肚子裡生下來的第一聲啼哭，是決不會有什麼不同凡響的，他的詩歌鑑賞力也只能在社會實踐中逐漸形成。當你還處在襁褓之中，聽奶奶唱著「小寶寶，快睡覺，風不吹，樹不搖……」，或是「鳥兒輕輕叫，柳枝輕輕搖，媽媽搖搖籃，嘴裡哼小調」的催眠曲時，這就已經開始受到詩的薰陶了。雖然，你還不曾懂得奶奶說些什麼，但你對催眠曲那和諧的節奏會產生一種舒適的感覺，這就是你對詩歌音韻節奏的不自覺的鑑賞了。隨著你的成長，知識的豐富，詩歌修養的提高，你就不僅會懂得奶奶的催眠曲是什麼意思，慢慢地也就會理解「白日依山盡，黃河入海流……」所描繪的情景了。這一結果，不是從天而降、陡然具有的，而是伴隨著你的社會實踐的進程逐漸形成和發展的。

那麼，爲什麼說詩歌鑑賞力的形成和發展，始終都是和我們的社會實踐活動相聯繫呢？這個道理很簡單。因爲任何一篇好詩都是客觀生活的反映，創作詩歌固然不能離開客觀生活和社會實踐，鑑賞詩歌同樣也不能離開。假如我們不了解客觀生活，不參加社會實踐活動，也就無從去鑑賞詩歌。有人問：我們都是生活在現實生活之中，無不在進行著社會實踐活動，但爲什麼有的人又不能很好地鑑賞詩歌呢？這一方面可能與他接觸生活的面和深入生活的程度有關，另一方面是與他本身的詩歌修養有關。這是因爲，人類文化已經過了一個漫長的階段，積澱了豐富的成果。比如詩歌吧，就有古代自由詩、近代詩、詞、曲和白話詩等，大量的東西等待著我們去掌握。所以說，要鑑賞詩歌，第一需要的就是用知識武裝自己的頭腦。正如魯迅所說，「首先是識字，其次是有普遍的大體的知識；而思想和情感，也須大抵達到相當的水平線。」（魯迅《文藝的大衆化》，《魯迅全集》第七卷第五七九頁，人民文學出版社一九八一年版）

上面，我們闡明了詩歌鑑賞力是在人的實踐中形成和發展的道理，這一觀點，同時也說明了詩歌鑑賞力永遠是和人們的社會實踐活動成正比。隨著人類物質文明和精神文明的不斷發展，我們詩歌鑑賞力也會不斷地提高。「關關雎鳩，在河之洲。窈窕淑女，君子好逑……」這是幾千年前的詩，所以我們都佩服，但如果現在的新詩人用這個意思做一首白話詩，到無論什麼副刊上投稿試試罷，我看十分之九是要被編輯塞進紙簍去的。

詩歌鑑賞力是在人們的社會實踐中形成，而且還會隨著人們的社會實踐不斷發展，而且還會極大地鼓舞我們去努力改造客觀世界和改造自己，從而不斷地提高我們的詩歌鑑賞能力。

二、詩歌鑑賞的認識性與愉悦性

詩歌是詩人對於現實生活的審美評價。如果一首詩不體現詩人對於現實生活的任何評價和認識，那只能是做夢時的囈語，精神病人的胡話，是不能成其爲詩的。不過，詩人的觀點、思想和認識又不是赤裸裸地反映出來，而是通過生動、豐富的藝術形象的描繪暗示給讀者。反過來，鑑賞者則是通過詩人在作品中所表現的具體形象，去感受或瞭解詩人的觀點、思想或認識，進而獲得美的享受。如果說我們可以把詩的創作與鑑賞的過程用兩個公式表現出來，那麼創作就是「生活——形象——語言」，鑑賞則是「語言——形象——生活」。從上面鑑賞的公式中可以看出，詩歌鑑賞就是以作品所提供的形象語言爲根據的感受和體驗，其本質是對生活的一種認識活動。

這種認識性，在鑑賞敍事性的詩歌時體現得最明顯。我們讀杜甫的《石壕吏》，就不僅只是看到官府差役夜晚抓人這一驚心動魄的場景，而且還會透過這一現象去進一步思索，認識到唐代自「安史之亂」以後的那種動蕩不安的社會現實，以及人民橫遭迫害的悲慘遭遇。前人讀杜甫詩有所謂「詩史」的評價，這也説明了詩歌鑑賞的認識性質。

鑑賞抒情性的詩歌也是如此。雖然它不是像敍事性作品那樣用歷歷如繪的場景和情節直接作用於讀者，但詩中的抒情形象又總是滲透著一定的社會内容，詩人的情感又總是要染上一定的時代色彩。美國當代詩人保羅·安格爾的《中國印象》中有一首小詩，題爲《文化大革命》：

我的手拾起一塊石頭片。
我聽見一個聲音在裡面喊：
「不要惹我
我是到這裡來躲一躲。」

如果說，我們不把這首詩放在一定的歷史背景中去鑑賞，只是單純地憑什麼「形象的直覺」去感受，呈現在你面前的不過就是一些零散的不可理解的意象而已。而它之所以被我們所鑑賞，正是因爲我們從詩的藝術形象中，以及從石頭發出的那奇怪的呻吟裡認識到了中國「文化大革命」這一歷史事件給廣大人民所造成的痛苦，了解到了那個社會的極度動蕩不安。當然，也許並不是因爲這一點才爲你所鑑賞，你可能是因爲詩中的內容，勾起了你自己的某種特定的情緒而激動，但你必須在首先理解、認識這首詩內容的基礎上才有可能引起你的激動。你與詩人的共鳴，雖然具體內容不盡相同，但你仍然從詩的鑑賞中獲得了一種對人生的認識。

即使在鑑賞一些帶有濃郁浪漫色彩的抒情詩時，其認識性也必然要存在於正常的鑑賞心理之中，立足於一種認識活動。對於一些寫景的詩，鑑賞的認識性比較隱蔽一點。它既沒有具體的事件、人物和行動，也不通過神話幻想的襯托，幾乎只是純粹從審美的角度去描寫自然風物。請看馬雅可夫斯基的《月夜即景二首》：

明月將上。
微露銀光。
看哪，一輪滿月
已經在空中浮蕩。
這想必是
上帝在上
用一把神祕的銀勺
撈星星熬的魚湯。

風老頭旋轉不休——
他墮入了情網。
他在電報線上

把吉他彈響。

月姑娘圓潤的膝頭

溜出了雲裳。

這兩首詩，重在抒發詩人對自然風景的審美感受，它比直接地反映社會生活更爲凝煉，這也是一般景物詩的一個顯著特點。因而，它決定了詩在更大程度上去激發讀者的情緒，喚起讀者對生活的愛，對美好事物的追求；在較小程度上去直接認識社會生活。《月夜即景二首》正是偏重於表現一種美好的境界，以達到陶冶人的性靈的作用。但儘管如此，我們從這幅清新、空靈和幽美的畫面中，仍然可以感受到詩人對自然風光的熱情讚美，或者還可喚起人們對男女戀情的美好回憶，實際上，這是鑑賞者以及詩人對生活的更深一層的認識。

對詩歌鑑賞的認識，是由詩歌反映現實的性質決定的。我們强調詩歌的藝術真實性，從而也就不能否定詩歌鑑賞的認識性。這本是很清楚的道理。我們鑑賞一首詩，都會有一個目的，這目的是什麼呢？一般而言，就是爲了吸取它的有益的內容來豐富自己的思想，增强自己對社會人生的瞭解和認識，陶冶自己的性情，咀嚼、玩味那有藝術魅力的詩句來滿足自己的美感享受。說到底，就是爲了提高我們的認識水平和詩歌修養，而詩歌修養的提高，又是爲了我們更好地去認識。認識應是詩歌鑑賞的根本性質或最終目的。

有没有不存在任何目的的詩歌鑑賞呢?可以肯定地説是没有的。不論是誰,一旦你進入詩歌鑑賞的過程,你就必然會得到這樣或那樣的感受,這種感受又一定會體現出不同程度的認識性質。那種所謂「無意識的消遣」是不存在的。如果你真是隨便翻翻,走馬觀花,無動於衷,那也就無所謂鑑賞了。

既然詩歌鑑賞是一種有認識的活動,那麽,詩歌鑑賞就不單純只是一種情感的活動了,它必須要通過理性的分析、綜合和判斷才能達到認識的目的。我們不能否認,詩歌鑑賞在很大程度上是一種伴隨著强烈情感的活動,往往會不由自主地「手之舞之,足之蹈之」的,但在這情感之餘,我們還要冷靜的思考和分析,才能探索到藝術的真諦,對自己有所收益。否則,便會陷入作品中不能自拔,使詩歌鑑賞不能成爲我們前進的動力,而成爲生活的圈套,或故步自封,或萎靡不振,或顧影自憐。

在《紅樓夢》第二十三回裡有一個很好的例子,講的是林黛玉在聽《牡丹亭》戲曲時的强烈共鳴情形。當她聽到作品中展示杜麗娘的「如花如眷,似水流年」;「你在幽閨自憐」等思想情緒的詩句時,林黛玉是「如醉如癡,站立不住」,繼而「心痛神馳,眼中落淚」,任平時積蓄的一腔憂鬱悲痛之情盡情流瀉。可惜的是,林黛玉儘管做了一番「仔細忖度」,但畢竟過於感情用事,加上她本身的時代和階級的侷限,終於未能看到《牡丹亭·驚夢》中那動人肺腑的詩句,是怎樣地概括了封建社會許多追求思想自由的婦女的哀怨和不幸，當然也就更不能引起她對封建社會的反抗。因而，徒然成了封建社會的犧牲品。

看來，鑑賞詩歌要靠理性分析之助力，來幫助控制我們感情的強烈躍動，從而才能達到我們的鑑賞目的，僅僅滿足於詩歌鑑賞的情感共鳴是不夠的。有些人往往把情感共鳴看成是鑑賞的最高境界，似乎詩歌鑑賞不過是與詩人之間發生情感交流而已，這是十分有害的觀點。特別是鑑賞古代的詩歌，其危害性更爲明顯。如果撇開鑑賞中的理性認識（當然共鳴的過程也包含有理性的因素，但它是被動的，且偏重在情感的躍動），只求與詩人的情感相交流，那我們也就會成爲僵死的古人了。

也有人認爲詩歌鑑賞完全是與實際人生無涉的形象自覺，是「連繫於主體和它的快感和不快感」，（康德《判斷力批判》第三十九頁，商務印書館一九六五年版）「在這裡完全沒有表示著客觀方面的東西，而只是這主體因表象的刺激而引起的自覺罷了。」（同上，第三十九～四十頁）這就不僅排斥了鑑賞中的理性活動，而且從根本上否定了詩歌鑑賞的認識性。詩歌鑑賞就只是「自覺」到作品中的形象，而且還沒有任何聯想和任何思維活動，就像嬰兒睜開眼睛初看世界那樣，這是可能的嗎？

雖然，我們在鑑賞某一首詩時，是並不帶有什麼明確的認識目的，比如我們鑑賞《月夜即景二首》，也許不曾想到這首詩有什麼意義，但可能通過形象的「自覺」產生一種「頓悟」的美感，撥動自己的心弦。這一過程並沒有許多理性的分析，但這裡的「自覺」，並不是康德等人所說的「自覺」。也就是說，它既不是超社會的，又不是超理性的，這種「自覺」美感的產生，本身就是在人類長期積累起來的大量生活經驗和理性思維的基礎上進行的，具有社會活動的客觀必然內容，是在理性之光照耀之下的自覺精神活動。如果拋開這種理性的指引，有時儘管有了感動，但也是缺乏深刻性的。別林斯基說：「只是欣賞還不夠……我們還想求知，沒有知識，我們就談不到欣賞。假如有人說，某某作品使他很興奮，可是卻不能解釋這種快感，追究不出快感何在，這種人就是自欺欺人。」（《關於文學批評》、《別林斯基論文學》第二五九頁，新文藝出版社一九五八年版）這是值得我們深思的。

我們强調詩歌鑑賞的認識性，但這還僅僅是問題的一個方面，因為我們又不能帶著一種明確的主觀的認識目的去鑑賞。詩是通過形象來反映生活的，我們在深入作品、體驗形象的過程中，受到了藝術的感染，獲得了美的享受，其認識的結果往往是潛移默化的。所以，詩歌鑑賞作為一種特殊的認識活動，始終都是伴隨著一種愉悅、自由和暢快的心理，具有愉悅的性質。

這種詩歌鑑賞的愉悅性，在西方，亞里士多德最早在他的《倫理學》中談到美感或審美經驗的六個特徵，就都與審美愉悅相聯繫。在近代，康德則從理論上對審美鑑賞的愉悅性做了較為全面、深刻的研究，康德美學的一個重要命題，「美是一切利害關係的愉快的對象。」（康德《判斷力批判》第四十八頁，商務印書館一九六五年版）既可以看作是對美的定義，也可以看作是對審美鑑賞的的定義。在康德看來，審美鑑賞的愉悅性是趣味判斷的必然的心理事實。

在我國古代，也很早注意到審美鑑賞的愉悅性問題。《樂記》中說：「夫樂者，樂也，人情之所不能免也。」就是講音樂可以使人快樂，滿足情感愉悅的需要。孔子聞《韶》，三月不知肉味，曰：「不圖爲樂之至於斯也。」（《論語・述而》）。這也正是講文藝鑑賞包括詩歌鑑賞達到愉悅的一種心理境界。墨子非樂，反對的當然是指單純的感官愉悅，他又何嘗不瞭解文藝鑑賞是一種愉悅的過程呢？所以他明確地說：「樂以爲樂也」（《墨子・公孟》）。

我們强調詩歌鑑賞的愉悅性，這看似與認識、理智心理狀態很不一致，實則不可分割，因而也便構成了整個詩歌鑑賞的複雜心理結構。這種結構的特點是，它始終是處在自覺與理解之間，無意與有意之間，體驗與思維之間，感性與理性之間的狀態。正由於此，如果帶著某種認識目的去一心尋找詩的現實價值，發掘微言大義，這非但不能尋找到，反而會使詩歌鑑賞沈溺於純實用的、道德的和政治的抽象思維與邏輯判斷之中，變成一種枯燥乏味的負擔。這種脫離了具體感受，像鑽研哲學、科學的思考活動，是一種接受耳提面命式的「詩歌鑑賞」，是不值得提倡的。

所以我們說，認識是詩歌鑑賞的性質或目的，但不是我們的出發點。明乎此，詩歌鑑賞才不是盲目的和純理性的，更不是那種追求官能刺激的「自我欣賞」；而是一種暢快、愉悅的，飽含著鑑賞者的情感的審美認識活動。理智的認識與情感的躍動，兩者互爲表裡。理智，是鑑賞者情感躍動的調色板；情感，是鑑賞者理智認識過程中怒放的鮮花。好的詩歌鑑賞總是使感情成爲理智開閘後奔騰的活水，使理智成爲情感的果實。

三、詩歌鑑賞和批評的關係

詩歌的鑑賞和批評，都是以詩歌作品爲對象，要探討詩歌鑑賞的本質，不得不明確鑑賞和批評之間的區別和聯繫。

一首詩歌問世，不能沒有「讀者羣」而存在，只有經過羣衆的鑑賞和批評，爲羣衆所理解和接受，才能發揮其社會效能。詩歌作品的存在就是因爲有鑑賞和批評的存在。這就是說，詩人創作詩歌，總是爲了給讀者閱讀鑑賞的，創作離不開鑑賞和批評。那麼詩的鑑賞和批評這兩者之間又有什麼樣的關係呢？

衆所周知，鑑賞是可以有「偏愛」的。這是因爲各人的思想水平、生活閱歷和藝術修養等條件的不同，人們對於不同種類和風格的詩歌作品的愛好和鑑賞態度也是不同的。年輕人喜愛讀新詩，老年人喜愛吟誦古典詩詞；性格沈鬱、內向的人多喜歡杜甫的詩；性格開朗、外向的人多喜歡李白的詩；同是一首詩，甲可能讚賞不已，而乙卻可能無動於衷，興味索然。「青菜蘿蔔，各有所愛」，這是常有的現象，是不足爲怪的。人們這種「偏愛」，對於詩歌來說，只要趣味純正，同時又不排斥他人的正當喜愛，就是正常的，也是允許的，它正是我們進入詩歌鑑賞忘我狀態的必要條件。沒有鑑賞的偏愛，也就不可能有鑑賞的愉悅和暢快。

詩的鑑賞，顧名思義，它包含有鑑別和欣賞兩層意思，但側重於欣賞。鑑賞，往往是根據自己的需要和趣味去自由地選擇適合自己口味的詩歌作品。在鑑賞過程中，鑑賞者的大部分時間是陶醉在作品的欣賞之中，自然他也發表意見，也就是理智的鑑別。正如一個遊園的遊人，總是根據自己的愛好去發現愜意的景致，可以稱心如意地賞花評草，有時會留連忘返，有時會嘖嘖讚嘆，有時也會掃興而歸。所以，鑑賞者的意見往往帶有主觀的偏愛，它只能代表自己，不能代表任何其他人。因爲鑑賞者的出發點基本是根據自己的趣味和愛好，他喜歡什麼，不喜歡什麼，都是自己的主觀評價。這一切，都是爲詩歌鑑賞的目的所決定了的。這目的就是增強自己對社會人生的認識，陶冶自己的性情，豐富自己的文化生活。很清楚，詩歌鑑賞的目的只是涉及鑑賞本人，它在形式上是與社會無關的。

詩的批評則不同了。

第一，批評不能從個人的審美趣味出發。對任何一篇詩歌，不論是自己喜歡的還是不喜歡的，都要運用一定的思想觀點和方法，對作品進行全面、具體的評價。批評是從一定的社會目標和審美要求出發的，擔負著一定的社會使命。

第二，正因爲詩歌批評的出發點不同，所以，批評的任務也是不同的。詩歌鑑賞的主要任務是，努力打破詩歌文字的疑難，積極溝通鑑賞者與詩人之間的思想感情，從而達到認識的目的，歸根到底是爲了滿足自己的審美需要。而詩歌批評的任務卻不在於此，主要在於努力疏通詩歌作品與社會之間的聯繫，更好地、有效地發揮詩歌的社會功能，嚴格地鑑定出真與假、藝術與非藝術，健康的與庸俗的、積極的與頹廢的作品，幫助作者和鑑賞者提高思想修養、文化修養和鑑別、欣賞的能力。

如果說鑑賞側重於欣賞，那批評則就側重在鑑定。如果說鑑賞就是一個遊園的遊人，那批評者就應是一個科學嚴謹的地質學家。這就是說，詩歌批評應該是公正的、客觀的，批評的觀點應該代表社會進步階級的大多數人的利益。

鑑賞可以有偏愛，批評卻不能有偏愛。但詩歌鑑賞的偏愛，稍不留意，就會導致詩歌批評的偏見。偏愛與偏見，雖只有一字之差，卻有本質的區別。你喜歡吃蘿蔔，這無可非議，但如果你把你的嗜好强加於別人，似乎唯有蘿蔔才好吃，那就錯了。當然，鑑賞也應力求培養自己純正趣味，那種「嗜痂成癖」的偏愛，也不是我們允許的正常的偏愛。

詩的鑑賞和批評，雖然它們有著各自的特點，但正因爲它們都是以詩歌作品爲對象，故它們之間並沒有不可逾越的鴻溝。正確的積極的詩歌鑑賞，不是始終陶醉於直觀欣賞之中，必須從直觀欣賞中解脫出來，理智地分析，對詩歌反映生活的真假與否做出自己的評價。如果這一評價與社會大多數人的觀點相吻合，那麼，這就是批評了。不過，這時的批評還存在於你自己的思想之中，還沒有與社會發生聯繫，所以它仍然屬於鑑賞的範疇。

上面我們說過，詩的鑑賞從形式上看，都是涉及鑑賞者本人的事。也就是說，真正的詩歌鑑賞是個人的心領神會，鑑賞的體會一般也不通過書面語言發表出來，一旦行諸文字，公諸於衆，那這樣的文章也就包含有鑑賞和批評的雙重意義了。因爲它不再屬於自己，而是屬於大家，屬於社會的了，與社會發生了聯繫。但是，我們切忌不能把這類鑑賞性的文章與批評性的文章等量齊觀，它同樣還是屬於鑑賞的範疇。

詩歌鑑賞本身，可以不與批評發生聯繫，但它不能排斥批評。詩歌批評是詩歌鑑賞的指導，沒有詩的批評，詩的鑑賞就會缺乏明確的方向。但作爲詩的批評來說，則一定要包含鑑賞的內容。鑑賞是批評的第一步，沒有詩的鑑賞，詩的批評就會成爲空洞乏味的政治說教，不會使人信服；沒有廣泛地、羣衆性地詩歌鑑賞活動，詩歌批評就缺乏厚實的基礎，也就不會有普遍性，失去指導的意義。詩的批評既不能離開詩歌作品而存在，也不能離開鑑賞而存在。否則，便不是好的詩歌批評。

批評和鑑賞，猶如導遊者與遊人的關係一樣。遊人可以自己自由自在地觀賞，但畢竟時時抱有遺珠之嫌，常常是知其然而不知其所以然，甚至還會掃興而歸。如果有個導遊者，情況就大大改變了。而作爲導遊者，他對公園的景致都應是很清楚的，他最初當然也是一個遊人。這樣，他才能給後來的遊人提出切實可靠的遊覽方案。

概言之，詩的鑑賞和批評的關係是：它們二者都以詩歌作品爲前提條件。鑑賞是批評的基礎，同時又包含有某些批評的因素，但往往是不可靠的；批評是鑑賞的進一步，是鑑賞過程中的本質性的理論深化，所以，詩歌鑑賞又只能在詩歌批評的指導之下，才能朝著正確的軌道健康發展。

第五章　詩歌鑑賞的趣味

一、詩歌鑑賞趣味的幾個問題

詩歌鑑賞的趣味，是我們在鑑賞詩歌作品所吸引、所激動而表現出來的一種興趣。俗話說，「天下之口有同嗜」。但於詩歌鑑賞卻不那麼簡單，人們的詩歌鑑賞趣味往往是因人而異，因事而異，個個有別的。同是一首好詩，在此時可能使你感到特別的有味，在另一個時候卻感到淡薄，甚至感到完全沒有什麼意味了；再者，同是一首詩，在我看來很好，在你看來卻不太好，甚至你我的趣味迥然有別，這更是常常碰到的事。你擁護六朝，他崇拜唐宋；你讚賞蘇辛，他推尊溫李；你迷戀古詩，他喜愛新詩；托爾斯泰攻擊莎士比亞和歌德，約翰生看不起彌爾頓，法朗士譏誚荷馬和維吉爾……像這樣大異其趣的事例，在詩歌鑑賞中的確是屢見不鮮的。

然而，困難並不在於是否承認詩歌鑑賞趣味的種種差別的存在，而在於如何來衡量這種鑑賞趣味的高下與否。比方說，你十分讚賞某一首詩，另一個人卻並不以爲然，那麼你如何能使他相信你而不相信他自己呢？你說他趣味低下，不可與言詩，那麼你衡量詩歌鑑賞趣味高下的標準又是什麼呢？這則是古往今來一直爭論不休的問題。

西諺說：「趣味無可爭辯」（deguetibusnon est disputandum）。這也就是說，人們的詩歌鑑賞趣味是不可能用統一的標準來衡量的，各愛所愛，各美其美。這類似的論述，我國古代也有種種說法。《周易·繫辭上》記載：「仁者見之謂之仁，知者見之謂之知」。這大概是我國最早肯定鑑賞趣味之相對性的表述。到晉代，葛洪又說：「觀聽殊好，愛憎難同」（《抱朴子·廣譬》）。梁代的劉勰也說：「會己嗟諷，異我則沮棄」（《文心雕龍·知音》）。這些無疑都揭示出了鑑賞趣味難以統一的特徵。對這種種趣味各異的鑑賞現象，我們應該怎樣來認識呢？

第一，人們詩歌鑑賞趣味的不同，這是一個客觀的存在，是不可否認的，我們當然不能視而不見，更不能只要求一種鑑賞趣味一家獨鳴。只要人們的趣味純正，同時又不排斥他人正當的鑑賞趣味，就不會彼此衝突、互相爭執，更不會引起道義上的問題。

第二，人們的鑑賞活動可以反作用於創作活動，因而如果要求一種鑑賞趣味一家獨鳴，那只會給創作帶來災難，同時也會極大地影響人們的精神生活，長期以來，我們習慣了那些所謂「東風浩蕩紅旗揚，萬里神州凱歌傳」之類的統一的明白的詩歌，這不能不影響到我們的鑑賞水平和審美趣味。統一的詩歌造成趣味的十分狹窄，以致於使我們有些讀者不能鑑賞這種趣味以外的作品。這種影響一直延續到今天，在當前一些年輕詩人們正在進行可貴的詩歌探索的時候，不是也有人對他們的作品賜以「沈滓泛起」、「古怪詩」等等謚號麼？應當看到，只有提倡詩歌鑑賞趣味的多樣性，才有可能迎來詩歌園地百花齊放的春天，其作用是不可低估的。不過，這種鑑賞趣味的多樣性，卻給鑑賞趣味的衡量標準帶來了相當的困難。

第三，詩歌鑑賞趣味的多樣性，總是表現爲形式和內容這樣兩個方面。你喜歡詩，他喜歡詞，這是就形式而言的。就內容來說，同是一首詩，讀者不同會表現出不同的好惡與取捨。魯迅說，讀《紅樓夢》，「單是命意，就因讀者的眼光而有種種：經學家看見《易》，道學家看見淫，才子看見纏綿，革命家看見排滿，流言家看見宮闈祕事……」（《魯迅全集》第七卷第四一九頁，人民文學出版社一九八一年版）這雖是說的小說，但詩歌鑑賞也未嘗不是如此。同時，詩歌鑑賞的多樣性又是與詩歌鑑賞的主觀性相聯繫的，而詩歌鑑賞的主觀性，又常常爲那些肆意曲解詩歌內容的人提供了可能。《詩經．卷耳》開頭四句：「采采卷耳，不盈頃筐。嗟我懷人，置彼周行。」本來，這是婦女想念外出丈夫的情詩。是講那位婦女拿著一個筐子去採卷耳（車前子），採了好久還採不滿一筐，一想到外出的丈夫，便索性把筐子放在路旁。但《毛詩》的理解是，此詩是寫「后妃之志」的，詩中的「嗟我懷人，置彼周行」，是說這位后妃希望自己的丈夫（君子）能夠給那些「賢人」以官位，並安排到適合的位置上。這就更是導致了詩歌鑑賞的複雜性。這樣，詩歌鑑賞的趣味似乎成了一個不可捉摸的東西，它到底還有沒有一個衡量的客觀標準呢？真是「趣味無可爭辯」嗎？這就是擺在我們面前的一個十分嚴峻的問題了。

古今中外的美學史上，有不少人對於鑑賞趣味的衡量標準進行了許多探討，如休謨、康德、伏爾泰、安諾德、桑塔耶那等，都在他們的著作中對此問題做過各種各樣的論述。在我國古代，荀子、葛洪、鍾嶸、劉勰等也曾涉及到這一問題。但是，這些人都未能做出很好的回答，而且是衆說紛紜，莫衷一是。

有的認爲，鑑賞純屬主觀精神範圍以內的事，不可能有一個什麼普遍的標準，這可以康德爲代表。有的則認爲，鑑賞存在著客觀的尺度，鑑賞者所表現出來的鑑賞趣味並不是隨心所欲的，但這個「客觀尺度」是什麼呢？休謨認爲「趣味的普遍原則是人性皆同的，」（見《古典文藝理論譯叢》第五期第六頁，人民文學出版社一九六三年版）顯然，他是從「人性論」上來找標準，這自然不可能得出一個「普遍原則」。安諾德認爲最穩當的辦法是拿古典名著做「試金石」，但這對鑑賞趣味的衡量究竟隔了一層，因爲這並不是立足於鑑賞來考察問題的。荀子主張藝術與鑑賞必須「約之以禮」，「由禮則雅」（荀子《修身》），「禮」就是衡量趣味高下的客觀標準。荀子之所謂「禮」是什麼呢？實質上就是合乎封建主義的東西。他曾說：「鄭衛之音，使人之心淫……故君子耳不聽淫聲。」（荀子《樂論》）「鄭衛之音」是當時民間所喜愛的樂歌，它不爲荀子所鑑賞，這正是他的鑑賞標準所表現出來的階級侷限。可見，荀子從地主階級的利益出發，以「禮」作爲藝術與鑑賞的標準，同樣也是行不通的。劉勰認爲，文藝鑑賞必須避免受偏愛的蒙蔽，不然，就會「各執一隅之解，欲擬萬端之變，所謂東向而望，不見西牆也。」（劉勰《文心雕龍．知音》）也就不可能用一個客觀標準去衡量了。爲了避免偏愛，他提出「圓照之象，務先博觀」，然後能「平理若衡，照辭如鏡矣」（同上）。不過，到底怎樣來衡量一個人鑑賞趣味的高低，這個「平理若衡」的標準是什麼，劉勰還是未能真正解決。

在中外美學史上，有關鑑賞標準問題的相互對立的事例，以及對標準所做的種種不同的解釋是不勝枚舉的。他們不是過分誇大文藝鑑賞的相對性，陷入主觀唯心主義的泥潭，就是忽視文藝鑑賞具有相對性的特點，導致鑑賞標準的絕對化。在對鑑賞標準的解釋上，或從「人性論」出發，或從剝削階級的利益出發，或從鑑賞現象的某一個方面出發，因而其結果也就必然是錯誤片面的。

說來說去，問題已經擺了不少，但我們應該肯定，詩歌鑑賞所表現出來的審美趣味，是存在著一個普遍適用的衡量標準的，因爲我們畢竟不能無視這樣一些詩歌鑑賞事實：古代很多優秀的詩歌，比如王之渙的《登鸛雀樓》、李白的《望廬山瀑布》等等，不僅在它們問世的時候，就已經不脛而走，或給人譜曲彈唱，或給人輾轉背誦，或低吟於井台書院；即使在今天它仍然吸引著我們很多的讀者，甚至還影響到鄰國外域，或跨重洋，使歐洲、美洲的讀者也爲之傾倒。柯岩的《周總理，你在那裡？》，作品一問世，就立即受到成千上萬的讀者交口稱讚。智利著名詩人巴勃羅．聶魯達是我們熟悉的南美詩人，他的詩不僅受到本國讀者的喜愛，而且也受到了中國讀者的喜愛，甚至在全世界都產生了很大的反響……從這裡看來，不管人們是否自覺地意識到了，他們在詩歌鑑賞中的確是遵循著一個共同的標準的，否則就不能表現共同的鑑賞趣味。

休謨說：「儘管趣味彷彿是變化多端，難以捉摸，終歸還有些普遍性的褒貶原則。」（《古典文藝理論譯叢》第五期第六頁，人民文學出版社一九六三年版）是的，這話說得很好。然而，鑑賞事實同時也表明，人們的詩歌鑑賞趣味是有很大差異的，對於詩歌鑑賞趣味的多樣性，我們同樣也不能熟視無睹。所以，要回答詩歌鑑賞趣味的客觀標準是什麼，關鍵是要找出制約人們詩歌鑑賞的不同趣味的因素是什麼，或者說，人們詩歌鑑賞趣味的差異性是從何而來的。

二、詩歌鑑賞多樣性的形成

詩歌鑑賞趣味的衡量是有一個共同標準的，而只有弄清了造成詩歌鑑賞趣味多樣性的種種因素，然後才能回到本題上來，得出一個比較全面而客觀的標準。

那麼，爲什麼會出現各式各樣的鑑賞趣味呢？我們以爲主要是由以下六個方面的原因形成的：

第一，各人修養的差異。

這裡說的修養，包括思想修養、詩歌知識修養和生活修養幾個方面，我們不妨統稱爲詩歌鑑賞修養，因爲這都是鑑賞詩歌不可缺少的條件。修養不同，必然要表現出各自的詩歌鑑賞趣味。可以說，各人不同的詩歌鑑賞修養，在很大程度上決定著詩歌鑑賞趣味的多樣性或不同一性，這是一個很重要的因素。所以馬克思說：「如果你想欣賞藝術，你就必須成爲一個在藝術上有修養的人。」（《馬克思恩格斯全集》第四二卷第一五五頁，人民出版社一九七二年版）修養的深淺如何，不僅決定了你是否能夠鑑賞藝術，而且還決定了你的鑑賞趣味。一般來說，鑑賞者是難以取得他詩歌鑑賞修養水平之上的東西的；深厚的詩歌鑑賞修養是鑑賞者進入鑑賞過程「沿波討源」的必備的輕舟。

一個思想道德修養很差的人，他的鑑賞趣味必定卑劣低級。漢樂府《長歌行》其一云：

青青園中葵，朝露待日晞。
陽春布德澤，萬物生光輝。
常恐秋節至，焜黃華葉衰。
百川東到海，何時復西歸？
少壯不努力，老大徒傷悲。

這本是一首以萬物盛衰有時作比，來寫人當奮發自勵的好詩。可吳競《樂府古題要解》說：

「『青青園中葵，朝露待日晞』，言芳華不久，當努力爲樂，無至老大傷悲也。」他認爲此詩寫的是要及時行樂。崔豹《古今注》又説：「長歌、短歌，言人壽命長短，各有定分，不可妄求。」即是寫人的生死貧富都由命運預先決定，人是無能爲力的，顯然又是消極的「宿命論」觀點。這等低劣的鑑賞趣味，正是由於他們的人品不高、思想陳腐，自然就不可能發現作品高深的意境了。

一個詩歌知識修養缺乏的人，他的鑑賞趣味必定平凡淺薄。比方説，你如果不懂得詩在表現上的一些特點，就難以對它們發生很大趣味，甚至無法鑑賞。李燕傑曾講過這樣一個事例：有一個學生物的女大學生，有一天收到一封愛情信，信的末尾兩句是：「春蠶到死絲方盡，蠟炬成灰淚始乾。」看了以後她不懂，就找老教授求教。教授跟她講：「絲」是一語雙關，又是蠶絲又是相思，表示對愛情忠貞的意思。他以爲對方聽後會高興的，可是未想到，這個女學生聽了不以爲然，一撇嘴説道：「什麼也不懂，我可是學生物學的，春天的蠶哪裡死了？它吐成絲做成繭，然後化爲蛹，再變成蛾子飛出來産子，子又變成了蠶，蠶可没死。那男的連這都不懂，還愛我？」結果弄得老教授哭笑不得。由此看來，儘管這位女大學生生物學得相當不錯，但是詩歌知識的修養很差，就不可與她談詩。

一個生活修養欠缺的人，他的鑑賞趣味必定狹窄單調。一般地説，人們總是帶著自己的生活經驗記憶來鑑賞詩的。人們對詩歌内容發生興趣，正是由於詩中的藝術形象與人們以往的生活經驗記憶，産生了某種相互印證的關係。如果這種聯繫不存在或者很模糊，很可能就是我們生活經驗欠缺的緣故。葉夢得的《石林詩話》記載著這樣一件軼事：黃山谷有兩句詩：「馬齕枯萁喧午枕，夢驚風雨浪翻江」。他自視爲得意之句，但葉夢得讀不懂，不知道風雨翻江是什麼意思。有一次，他住宿在一家旅舍裡，聽到住屋旁邊有澎湃鞺鞳之聲，好像風浪拍打著船舷一樣。他起來一看，原來是馬在槽裡吃東西，草料與水相互觸碰而發出這種聲音。他突然懂得了黃山谷那句詩的意思。他感嘆地說這種奇特的意境，不是憑臆想所能創造的，而只能是這種特定的生活體驗，加上藝術想像的產物。

這也許是個偶然的例子，但很好地說明了生活修養與詩歌鑑賞的重要關係。黑格爾曾經說過：「同樣一句格言，在完全理解它的青年人口中，總沒有在閱世很深的成年人的精神中那樣的作用和範圍，要在這種成年人的閱歷中，那句箴言裡所包含的內容的全部力量才會表達出來。」（黑格爾《大邏輯．緒論》商務印書館一九六六年版）詩歌鑑賞也是這樣的，正如陳繼儒在《讀少陵集》中所說：「少年莫謾輕吟味，五十方能讀杜詩。」當然，這是在寫詩，並不是說一定要到五十歲才能夠讀杜甫的詩。他是說，杜甫的詩感時撫事，內容精深，缺乏豐富生活修養的少年人，是很難理會其中深邃的意境的。

我們每個人詩歌鑑賞修養的差異，一般是由個人社會實踐的分工不同而形成的。一位普普通通的農民，一般而言他對於詩的趣味一定不如詩人的豐富和廣泛，因爲他們的精力和時間，總是更多地用在與自己的分工和實踐有密切關係的方面，這就出現了知識和才能的差別。而個人的主觀努力程度不同，也是形成個人修養差異的另一原因。有些人不喜歡詩，自然也就談不上對詩有什麼濃厚的趣味，但趣味是可以通過主觀努力培養的。一個人的詩歌鑑賞趣味很少生來就廣博，個人趣味的參差不齊，大都由後天的主觀改造而形成。

第二，個人氣質的差異。

近代心理學表明，人的氣質可分爲四種不同類型，即多血質、膽汁質、粘液質和抑鬱質。個人的氣質不同，在喜怒好惡上就會表現出不同的個人色彩，自然在詩歌鑑賞中也就會表現出不盡相同的鑑賞趣味。劉勰曾指出：「慷慨者逆聲而擊節，醞藉者見密而高蹈，浮慧者觀綺而躍心，愛奇者聞詭而驚聽。」（《文心雕龍·知音》）這種種不同的喜好和趣味，除了個人的修養不同以外，大半是取決於個人不同的氣質。一般來說，每個人都賞其性之所近，而排其性之所異，這是一個普遍的鑑賞現象。朱光潛說：「個人的天資不同，有些人生來對於詩就感覺到趣味，有些人生來對於詩就不感覺到趣味，也有些人只對於某一種詩才感覺到趣味。」（《朱光潛美學文學論文集》第二十七頁，湖南人民出版社一九八〇年版）這些話雖帶有一些「天才論」的味道，但如果從個人不同的氣質來看待朱光潛所說的「天資」，還是有一定道理的。一個人在氣質上屬於「抑鬱質」的讀者，他善於思辯而不富有情感，可能對於「橫看成嶺側成峯」一類詩發生濃郁的興趣，而不太喜歡「黃河之水天上來」。這種先天的氣質差異，恐怕也是造成趣味多樣性的一個原因吧？

第三，偏愛與偏見。

詩歌鑑賞的偏愛，是指讀者對某一種詩體或某一種詩風的特別喜好。偏愛可能是由個人的氣質而造成，也可能是由個人的修養而造成。一般來說，每一個詩歌鑑賞者都有自己的偏愛，或者喜愛杜甫，或者喜愛李白，沒有偏愛的鑑賞者恐怕是少見的。但偏愛過頭，往往又會導致偏見，元稹偏愛杜甫，貶低李白，他讚賞杜甫的排律，而認爲李白是：「尚不能歷其藩翰，況堂奧乎！」（元稹《唐故工部員外郎杜君系銘並序》）意思是說，李白連杜甫的籬笆門也摸不到，更不用說升堂入室了。這就太沒有道理了。

偏見一部分是由偏愛所引起，但更重要的常常是因爲黨同伐異。「近人之情，愛同憎異，貴乎合己，賤乎殊途。」（葛洪《抱朴子外篇．辭義》）這是幾千年所遺留下來的封建殘餘，至今尚未絕跡。比如同一瑕不掩瑜的作品，作者與自己有交情的，就採取取善從長的態度；與自己有意見的，則就吹毛求疵，鄙視嘲笑。這樣，偏愛與偏見，自然都會影響到我們的鑑賞趣味。

第四，階級差異。

人們的詩歌鑑賞趣味是與一定的階級相聯繫的。如果說，在原始社會裡，像「斷竹、續竹；飛土，逐肉」這類詩歌，是大家都能接受而饒有趣味的，其趣味中的階級因素尚很籠統模糊，但隨著階級的產生，人們的鑑賞趣味便逐漸明朗化了。甚至出現階級的分野與對立，帶上鮮明的階級印記。魯迅所指出的不同讀者對《紅樓夢》的不同趣味，其差異即根源於社會階級的存在與劃分。

歷史證明，在有階級的社會裡，詩歌鑑賞趣味的階級差異是不可避免的。當然，這種階級差異往往並不是通過直接的功利要求表現出來，而是通過階級的感情、趣味、理想曲折隱晦地表現出來的。

第五，時代差異。

按照詩歌鑑賞反作用於詩歌創作的原理，只要我們粗略地回憶一下我國詩歌發展的歷史，就不難發現人們的詩歌鑑賞趣味具有明顯的時代特徵。大致而言，先秦詩歌低徊往復、一唱三嘆，章法多有變化；漢魏詩歌渾厚古拙，氣勢流注；晉宋齊梁時代，「永明體」漸興，詩歌講究精練新巧，聲律對仗；自齊梁往後，詩歌的形式又逐步衍化出唐詩、宋詞、元曲。再往後，明人尊唐，清人尊宋，「五四」以後，白話詩興起，直至今天。在這個演變過程中，每個時代或從詩的形式、或從詩的內容都不同程度地反映出人們的不同的審美理想和鑑賞趣味。

十八世紀英國美學家休謨有一句名言：「要欣賞古代某一演說家，就必須了解當時的聽衆。」（轉引自朱光潛《西方美學史》上卷，第二一八頁，人民文學出版社一九七九年版）這對於我們研究詩歌鑑賞同樣是有很大的啓示的，因爲一切文學藝術都是一定時期人類審美理想和鑑賞趣味的集中體現，具有時代特點，詩當然也不例外。任何一種詩風或一種詩的形式的興起，都與一定時期讀者的鑑賞趣味有著密切的聯繫。所以，我們套用休謨的話說，要鑑賞過去某一詩人的作品，就必須了解當時的讀者，注意讀者鑑賞趣味的時代差異在作品裡的表現。正如朱光潛所說：「各朝詩都有特點，我們不能以衡量魏晉詩的標準去衡量唐詩或宋詩。」（《朱光潛美學文學論文選集》第二十八頁，湖南人民出版社一九八〇年版）

每一個時代有每一個時代的文學，這從側面就反映出了詩歌鑑賞趣味的時代差異性。爲什麼會出現這種時代差異呢？

一是文學自身的發展結果。大凡人類都有一個追求創新的心理，每一個時代都有爲當時人們所偏愛的一種文學樣式，而這一種文學樣式一般都是經過改造的，是新穎的。王國維在《人間詞話》裡說：「蓋文體通行既久，染指遂多，自成習套。豪傑之士亦難於其中自出新意，故遁而作他體，以自解脫。一切文體所以始盛終衰者，皆由於此。」人們喜新厭舊，因而某種詩體通行既久，必另覓新者以取代之。

二是每一個時代都有每一個時代的政治內容，而每一個時代統治階級的思想又總是影響著人們的審美鑑賞趣味。因爲統治階級總是從自己的階級利益出發去提倡什麼，反對什麼，從而形成時代特色的。兩晉時期，統治階級大力提倡老莊思想，清談玄理的風氣極爲興盛，這一政治內容也必然影響到當時的創作與鑑賞，詩歌便離開了「建安風骨」的傳統，漸爲玄言詩所統治，竟達百年之久。其代表作家孫綽、許詢等人的創作都是「平典似道德論」（鍾嶸《詩品序》），而這樣一些拙劣的詩歌，也爲當時文人學者所喜好、所鑑賞，可見統治階級的思想對於人們的鑑賞趣味起著多麼重要的作用。

第六，民族差異。

世界上各民族都有自己的民族心理和民族感情，反映到詩歌上，就會顯示出本民族的特色，這是因爲各不相同的生活條件和地理環境而形成的。伏爾泰說：「從寫作的風格來認出一個意大利人、一個法國人、一個英國人或一個西班牙人，就像從他面孔的輪廓、他的發音和他的行動舉止來認出他的國籍一樣容易。意大利語的柔和甜蜜在不知不覺中滲入到意大利作家的資質中去。在我看來，詞藻的華麗、隱喻的運用、風格的莊嚴，通常標誌著西班牙作家的特點。對於英國人來說，他們更加講究作品的力量、活力和雄渾，他們愛諷喻和明喻甚於一切。法國人則具有明徹、嚴密和幽雅的風格。」（伏爾泰《論史詩》，《西方文論選》上卷第三二三頁，上海譯文出版社一九七九年版）的確，各民族不同的審美鑑賞趣味，在他們的作品中就像人的面孔一樣顯而易見，具有鮮明的民族差異性。

毫無疑問，中國人有中國人的民族心理、民族感情和文化傳統，我們提倡藝術家應致力創作出中國人所喜聞樂見的作品，這正是從中華民族的鑑賞趣味出發的。

我國素有「詩國」之稱，中華民族對於詩歌的審美鑑賞自然有著自己的民族習慣和愛好。比方說，中國詩歌一般都要求有韻律、能吟能唱。我國詩史上曾有過廢韻的嘗試，但畢竟未能推廣，所以用韻的爲多，但在外國其他民族的詩歌中，有很多是無所謂韻的。其次，中國的舊詩，常用幾十個字表現豐富的內容，「以少總多，情貌無遺」，爲中國的詩家詞人鑑賞者所樂道，這在很大程度上是由漢語本身的精練性所決定的。當然，在詩歌藝術手法上，還要符合中國人的鑑賞習慣。二〇年代，李金發等人曾運用西方象徵派手法寫詩，結果被人戲稱「翻譯體」，就不爲大家所接受。此外，用本民族的語言反映本民族的生活，注意本民族的文化傳統，也是引起本民族更多人的鑑賞趣味的一個重要因素。「若把西湖比西子，濃妝淡抹總相宜」（蘇軾《飲湖上》），如果寫成「若把西湖比海倫，濃妝淡抹總相宜」，恐怕就不爲中國的大多數讀者所鑑賞了。再如果不用漢語寫而用其他外國語寫，就更成了「陽春白雪」，讀者寥寥。

一個民族有一個民族的鑑賞趣味。在我們看來是一首出色的好詩，但在一個外國人看來可能並不發生很大的興趣，甚至全不懂得。朱光潛說：「文學本來一國有一國的特殊的趣味，一時有一時的特殊風尚。就西方詩說，拉丁民族的詩有爲日耳曼民族所不能欣賞的境界，日耳曼民族的詩也有爲拉丁民族所不能欣賞的境界。」（《朱光潛美學文學論文選集》第二十二頁，湖南人民出版社一九八〇年版）這正是詩歌鑑賞趣味的民族差異所造成的。

最後必須强調，我們指出詩歌鑑賞趣味的種種差異的存在，但也並不排斥詩歌鑑賞趣味存在著一些共同性的因素，我們反對詩歌鑑賞趣味認識的相對主義。相對主義否定詩歌鑑賞趣味的任何共同性，只承認詩歌鑑賞趣味的差異性，並且把它絕對化，認爲詩歌鑑賞趣味是無法衡量的，是「無可爭辯」的，這就走進了不可知論的泥坑。尤其是，詩歌鑑賞趣味所表現出來的階級差異、民族差異和時代差異，如果把它們絕對化，那麼，古代詩歌爲今天的讀者所鑑賞，外國詩歌爲中國的讀者所鑑賞，中國詩歌走向世界爲各國人民所鑑賞等等，這一切都會成爲不可能。

三、詩歌鑑賞趣味的衡量

對於我們要尋找的、適合於衡量詩歌鑑賞趣味的客觀標準來說，顯然都是相對的因素。如果我們企圖只是根據這種種相對因素去尋找什麼客觀標準，那就好比是瞎子摸象或是刻舟求劍，自然不會得出正確的結果。因此，我們不得不提出這樣的問題：除了造成詩歌鑑賞趣味多樣性的這種種相對因素以外，還是否存在著制約詩歌鑑賞趣味的絕對性因素呢？任何事物都是一個矛盾的統一體，有相對就必有絕對。只要我們努力探索，詩歌鑑賞所表現出來的審美趣味，其中是包含有絕對性因素的。

一方面，作品本身的好與壞反映到讀者身上，可以比較直接地體現出讀者鑑賞趣味的高下。詩歌鑑賞者所表現出來的種種鑑賞趣味，必然與這個詩歌藝術存在相聯繫。若離開這個詩歌藝術存在，更遑論詩歌鑑賞趣味，那會像瞎子摸象、刻舟求劍似地，只是根據那些相對因素去尋找趣味標準，顯得有些可笑！

既然詩歌是一個客觀的社會藝術存在，那麼詩歌作品的好與壞就不爲詩歌鑑賞者的主觀意識而左右，是好就是好，是壞就是壞，它的好與壞客觀地存在於作品之中。當然，詩歌作品的好與壞，又必須通過詩歌鑑賞者反映出來。因此，讀者對某一首詩歌所表現出來的趣味高下，在很大程度上是決定於作品本身的好與壞的，這就使詩歌鑑賞趣味的衡量標準具有了絕對性的一面。

不過，詩歌作品的好與壞，並不能代替詩歌鑑賞趣味的衡量標準。因爲詩歌鑑賞對詩歌作品的反映不是機械的、消極的、被動的或直觀的，而是一種積極的、能動的反映，具有鑑賞再創造的性質。另外，讀者之於作品也有選擇的自由，這種選擇本身也包含著一個人的趣味優劣。這種情形，大半是由於個人的詩歌鑑賞修養差異等因素所造成，但鑑賞者終究不能離開詩歌作品信口雌黃，更不能因爲相對因素而否定絕對因素的存在。

那麼，又如何來判別詩歌作品本身的好與壞呢？這仍然還是一個比較棘手的問題，歷來頗有爭議。從鑑賞的角度說，我們認爲：首先，那些爲大多數人所鑑賞、所稱讚的詩歌，一般地講都是好的。蘇軾在《答謝民師書》中轉述歐陽修的話說：「文章如精金美玉，市有定價。」意思是說，文學作品的好壞或價值的大小，廣大讀者自有定價。這就是以廣大讀者的意見來評定作品的優劣。

其次是有賴於那些具有高度鑑賞能力的詩評家的品評與判斷。不論是思想水平或詩歌修養，這些詩評家一般都要高出我們很多，他們的鑑別能力往往是一定時期的傑出代表。所以，喬治・桑塔亞那說：「在導師的引導之下，這些審美生活中的高潮標線是很容易達到的……一些欣賞評論以其深度和廣度對我們今後的判斷具有權威性的指導意義，尤其是那些前所未有的欣賞評論更是如此。」（見《美學譯文》第一輯第三十頁，中國社會科學出版社一九八〇年版）

綜合以上所述，廣大讀者的評定和時間的考驗是判別作品好壞的根本。一篇詩歌，如果歷久不衰，一直爲廣大讀者所喜愛，那無疑是好的。而詩評家的意見，則可以作爲我們衡量作品好壞的重要參考。

詩歌作品本身的好與壞，導致了詩歌鑑賞趣味的衡量標準具有絕對性的一面，另外，詩歌鑑賞的趣味要求有著某些共同的社會意識，這是相對中存在絕對的一個方面。

爲什麼說詩歌鑑賞的趣味要求有著某些共同的社會意識呢？就詩歌鑑賞的形式來看，詩歌鑑賞似乎也只是爲了滿足個人的某些需要，帶有較明顯的主觀愛好，所以，個人的情形不同，鑑賞趣味就自然會有差異。然而，從實質上來分析，詩歌鑑賞與社會的思想意識又是緊密相關聯的，其趣味無不滲透廣大人民在詩歌鑑賞活動中所表現出來的一種鑑賞的傾向性。一個人所表現出來的詩歌鑑賞趣味，既不是他個人頭腦裡固有的，也不是從天下掉下來的，而是在人類社會詩歌審美鑑賞活動的歷史積澱中產生出來的，是一定的社會審美理想的具體表現。不論是誰，他所把握的趣味標準必然會滲透著社會意識的歷史內容。這在對於詩歌藝術表現的要求上體現得更爲明顯。

比方說，詩歌要講究精練、含蓄、形象，反對那些囉里囉嗦、直突畢露、一覽無餘的作品，這難道不是人們在長期的詩歌創作與鑑賞的過程中而形成的人們所共同遵循、普遍贊同並禁得起社會實踐檢驗的趣味要求或審美傾向性嗎？只要是稍稍有點詩歌修養的人，他對於詩歌藝術表現的趣味的標準，都會以此爲原則。這些原則，並不是爲某一個人所發明，而是詩歌藝術發展的歷史的積澱。

再從對詩歌內容的趣味要求來看，同樣也可以找到某些共同的東西。誠然，社會生活一方面因具體的階級、時代和民族而相區別；但另一方面社會又常常將人們統一起來，使人們之間的生活發生千絲萬縷的不可分割的聯繫。這樣，人們的趣味要求在不同的具體條件下也就會有一些相同的內容。盛唐時期，人們喜愛「會當凌絕頂，一覽衆山小」（杜甫《望岳》）這樣一些表現盛唐精神的詩歌；南宋時期，最爲人們所傳誦的是「道男兒到死心如鐵，看試手，補天裂」（辛棄疾《賀新郎》）這樣一些洋溢著愛國熱情的詩詞；在日本軍國主義入侵我國之時，當人們聽到「我的家在東北松花江上，那裡有我的同胞，還有那滿山遍野的大豆高粱……」的歌唱時，心裡怎能不引起强烈的震顫呢？這些事實既表明了詩歌鑑賞趣味對於社會、時代的依賴性；同時又反映出了廣大人民的某些共同意識和共同鑑賞趣味。就整個人類社會來說，像「會當凌絕頂，一覽衆山小」這類反映了一定歷史時期人民要求與願望的好詩，不僅在當時爲人所喜愛，也一直爲後人所傳誦，同樣也爲異域他國的讀者所鑑賞。

從上面可以看出，我們强調的是詩歌鑑賞趣味標準的社會性，存在著不以個人意識爲轉移的客觀社會標準，有其絕對性的一面；但我們如果只是根據這個社會標準來衡量各式各樣的、千差萬別的詩歌鑑賞趣味，同樣也是行不通的。因爲它畢竟是籠統的、不具體的，正確的衡量標準並不是一個亙古不變的永恆模式，這個標準本身還有其相對性的一面。正如《美學概論》裡所說：「任何一種審美理想，都可以從其產生的社會條件得到說明，就一定民族、一定時代、一定階級的審美理想來說，都有其普遍性的一面，都可以從其所反映的社會存在中找到衡量它的客觀標準；同時審美理想既然隨著社會實踐的發展、社會存在的不同而發生變化和相互區別，因而也就不存在什麼永恆不變的、絕對的標準，而只能是歷史的具體的標準。」（王朝聞主編《美學概論》第九十一頁，人民出版社一九八一年版）。

這個標準的具體性或相對性的一面，其表現在於：詩歌鑑賞趣味的時代差異和民族差異，決定了這個標準的歷史性和具體性，因而有其相對性的一面。我們只有承認這個標準的相對性，才不會用格律詩的平仄律來要求現代的白話詩，也不會因白話詩的馳騁灑脫去否定格律詩的整齊嚴整，當然更不會用我國格律詩的平仄律去要求歌德、拜倫和惠特曼等等這些歐美詩人的作品；同時也只有尊重民族的詩歌鑑賞趣味，才能避免走上民族虛無主義的極端。而我們又只有承認這個標準的絕對性，這才不會走上「各執一隅之解」的極端，也不會因追求獵奇趣味而弄得是非不分。所以，我們主張的這個標準也就是相對與絕對的統一。

在造成詩歌鑑賞趣味多樣性的相對因素中，還有個人修養的差異、個人氣質的差異以及偏愛與偏見，這些不能構成趣味標準的相對性的一面是顯而易見的。因爲這都屬於主觀的範疇，與其說以主觀標準爲標準，實際上是沒有標準。因而我們只有努力加强個人的詩歌鑑賞修養，縮小主觀上的差異，「無私於輕重，不偏於憎愛」，然後才能「平理若衡，照辭如鏡矣」。

至於相對因素中的階級差異，它不能構成我們這個標準的相對性的一面，也是顯而易見的。各個階級的詩歌鑑賞趣味，固然有著某些「共同的形式」，但畢竟他們的標準是各個有別的。

現在看來，詩歌鑑賞的趣味標準的相對性是側重在詩的藝術美方面的，主要由時代差異與民族差異所決定。趣味標準的絕對性則偏重在詩的內容方面。因爲社會總是螺旋似的上升，總是曲折地向前發展，不同國家，不同民族都會力求維護生活的進步趨勢。所以，從總體上講，關於詩歌內容的趣味標準是不會變的。這樣，既肯定了趣味標準相對性一面，又看到趣味標準在內容追求上的絕對性，兩者和諧統一，使得我們的詩歌鑑賞的趣味標準最辯證、最科學。

下編

詩歌鑑賞方法談

在前面作者運用很多的篇章，來說明鑑賞詩歌的種種相關問題，無論方法及理論談的再多，終究要落實在作品的賞析方面。在方法上，首先自然不能離詩歌作品本身，作品是我們鑑賞的客觀對象，然而，作者其人其世以及詩歌作品的寫作本事，也是幫助我們進行深入鑑賞的重要客觀依據。並且必須弄懂詩歌的字詞，努力打破語言帶給我們一定程度上的困難，疏通章句。其次，因為詩歌是種跳躍性較大的藝術形式，語意上似乎前後不相銜接，所以要找出詩眼或詩歌的發展脈絡，把握住整體性的意境，努力取得和作者統一的意思，來了解高度概括的詩歌內容。其三，是要辨明詩歌是否有寄託，以及寄託的是什麼問題，找尋出作者隱藏在詩句中的深意。其四，俗語說：「不怕不識貨，只怕貨比貨。」詩歌也須經過比較，才能見出優劣。讀者可以透過比較鑑別，密詠恬吟，及善於見異等方法，來評比詩歌的好壞。

第六章　詩歌鑑賞的開始

一、知人論世　洞察本事

詩歌鑑賞，自然不能離開詩歌作品本身，作品是我們鑑賞的客觀對象。然而，作者其人其世以及詩歌作品的寫作本事，也是幫助我們進行深入鑑賞的兩個重要客觀依據。

「知人論世」，首先是孟子提出來的。《孟子・萬章（下）》說：「頌其詩、讀其書，不知其人可乎？是以論其世也，是尚友也。」可見，「知人論世」開始不過是作為一種修身、尚友的方法提出的，但因為它涉及到了文學鑑賞和批評的一個重要問題，後來經人們發展，便成為我國一條傳統的鑑賞批評的方法。

「知人」就是要了解作者其人以及作者與作品的關係。明朝人馮時可在《雨航雜錄》說：「文如其人哉！人如其文哉！」這對於「詩言志」的詩歌藝術來說，更是如此。古人有所謂「詩如其人，不可不慎」（施閏章《蠖齋詩話》），「詩以人品爲第一」（李調元《詩話》）的說法。美國現代詩人里查·艾伯哈特也說：「詩是詩人全部身心和現實相觸。」（見霍華德·奈莫洛夫編《詩人談詩》第三十一頁，三聯書店一九八九年版）如此等等，這都强調了詩與作者之間的緊密聯繫。因爲作者的思想、感情、性情、氣質、閱歷、修養等都無不直接影響到詩的創作。了解了作者其人，就能更好地更深刻地理解他的作品；反之，對其作品的理解往往就會有謬誤和隔膜。

要「知人」又須「論其世」，「論其世」是知其人的一個不可忽視的方面。所謂「論世」，即要了解作者所處的時世環境，他是在什麽情况下，受什麽影響，針對什麽東西寫那首詩的，也就是把作品與寫作的時代背景聯繫起來考察。這裡是流沙河的《吾家》：

荒園有誰來！
點點斑斑，小路起青苔。
金風派遣落葉，
飄到窗前，紛紛如催債。
失學的嬌女牧鵝歸，
苦命的乖兒摘野菜。
檐下坐賢妻，

一針針為我補破鞋。
秋花紅艷無心賞，
貧賤夫妻百事哀。

新友反目，落葉催債，兒女失學，妻子失業，野菜充饑，破衣裹體……詩中反映的詩人的辛酸生活對於有些青年讀者來說是模糊的。不了解詩人的生活道路，不了解作者爲什麼要寫這樣流淌著苦淚的詩，那怎麼能去深入鑑賞呢？

流沙河，是當代一位很有影響的詩人。二十多年前，他以自己獨到的以草木謀篇、譬喻爲人的散文詩《草木篇》聞名於世。可惜作品剛一問世，就在反右鬥爭中被打成了「反黨反社會主義的大毒草」，詩人也因此罹罪，劃成右派留在四川省文聯監督勞動。一九六六年被押送回鄉勞動改造。在詩人居住的小鎮，他是那些革命派極有價值的「活靶子」。他曾經「像豬一樣被拖到街頭／向打頭求饒／請打輕些／不要一拳將我當場擊斃。」（流沙河《一個知識分子讚美你》）在無情的政治迫害的同時，笨重的體力勞動和清苦的生活一起折磨著詩人，他與抬工解匠爲伍，抬水泥杆子、拉大鋸、釘木箱，靠這種血汗錢養家糊口，肺炎也曾和死神一起附著在詩人身上。晚上回家，想鬆弛一下疲憊的身子，但卻鬆弛不了籠罩在心上的陰影。下面是他寫於《吾家》同時的《哄小兒》：

爸爸變了棚中牛，
今日又變家中馬。
笑跪牀上四蹄爬，
乖乖兒，快來騎馬馬！
……
莫要跑到門外去，
去到門外有人罵，
只怪爸爸連累你，
乖乖兒，快用鞭子打！

表面看來，詩寫得輕鬆，但骨子裡卻是無比的沈痛啊！自己的兒女也遭到封建的株連，即使孩子露面也會遭到人身的侮辱（甚至連小學都上不成）。爲人父者懷著一種贖罪心理讓小兒騎著抽打，這强做逗樂的玩耍裡包含有多少淒楚啊！

正如孟子所言：「頌其詩，讀其書，不知其人，可乎？」我們不妨再從反面來看一個例子吧：

有人引了唐朝詩人錢起的兩句詩：「曲終人不見，江上數峯青」來說明靜穆和淳樸，但卻不知道錢起這首詩是一首試帖詩，全篇淒苦悲怨，衰颯而並不靜穆。這樣從詩中挑出兩句，不問整篇的意思如何，也不問作者當時寫作的意圖，這樣的鑑賞是不足取的。方東樹在《昭昧詹言》卷一裡，曾高度肯定了孟子的知人論世說之後，批評了王士禎的挑章摘句而不顧及其人其世的鑑賞，他說：「若王阮亭（士禎）論詩，止於掇章稱詠而已，徒賞其一二佳篇佳句，不知其人爲如何，又安問其志爲何如也？此何與於詩教也？」這是很有道理的。

不管鑑賞哪種類型的詩歌，儘可能地多了解一些作者其人其世的情況總是有好處。現在有很多詩詞選本，在每個作家名下都附有作者簡介，這對於我們閱讀他們的作品是有幫助的。但有的讀者很少注意這些，似乎它與作品沒有什麼關係，可看也可不看，這是不對的。有時候，如果碰到一些用意特別隱蔽含蓄的詩，從作品本身去分析根本就不可能得到一個正確的答案，就必須得藉助對作者其人其世的深切了解，不僅要看作者簡介，而且還要翻閱其他一些有關作品的資料，然後才有可能讀懂他的詩。

上面是側重「知人」與詩歌鑑賞的關係來說的，這裡再說說「論世」與鑑賞的關係。

唐代詩人張繼有兩句膾炙人口的詩：「姑蘇城外寒山寺，夜半鐘聲到客船」（張繼《楓橋夜泊》）。宋人歐陽修在《六一詩話》中說：「詩人貪求好句而理有不通，亦語病也。唐人有云：『姑蘇台下（魏按：此有誤）寒山寺，夜半鐘聲到客船』。說者亦云：『句則佳矣，其如三更不是打鐘時』。」其實這正是他們不了解具體時代具體地方的生活真實。半夜敲鐘,《唐詩紀事》裡有明確記載,而且不少唐代詩人都寫過。如司空文明詩曰:「杳杳疏鐘發,中宵獨聽時」;王建《宮詞》曰:「未臥嘗聞半夜鐘」;許渾在吳中做詩曰:「月照千山半夜鐘」等等。歐陽修等認爲夜半不會敲鐘,顯然是不知其世的妄斷。

所以說,要了解熟悉作品所反映的生活對理解作品很重要,這也是「論世」的一項內容,特別是讀古代詩歌,不清楚當時的社會人情就很難領會、鑑賞其作品。唐人有兩句大家都熟知的詩:「胡麻好種無人種,合是歸時底不歸?」這是模擬一個婦人的口吻寫的,她想念出門在外的丈夫,說現在正是種芝麻的時候了,沒有人種,該回家了,爲什麼還不回來呢?這是否就是寫那個婦人想念她的丈夫呢?實際上,這兩句的意思遠非如此簡單。原來,古人都是希望多子多孫的,而芝麻這種植物籽非常多,因而古人常把種芝麻和多子多孫的願望連在一起,同時當時的迷信認爲一定要夫妻兩人種才吉利。看來這兩句詩,不僅表現了這個婦人希望丈夫趕快回家,而且還暗示出她多生兒育女的願望。如果我們不懂得這些,也就無法讀懂它,這是很清楚的。

要真正理解一首詩,「知人」與「論世」是十分必要的。因爲人不可能生活在真空中,都要受到時代和環境的影響,何況一切文學藝術都是以社會生活爲表現對象,經過作家們的頭腦加工出來的。所以,只有知其人,論其世,才能在更大程度上了解其作品。關於這一點,在西方的詩歌鑑賞美學中也形成了一致的認識。在美國學者麥吉爾主編的《世界鑑賞大辭典·詩歌》中,就曾明確提出:「當今的文學批評認爲,一首詩應首先作爲一個自在的整體來讀,閱讀中的困惑則可以通過參照詩人的其他著作、生平、時代背景等得到解決。」這是對「知人論世」方法的更具體的闡述,要認真記取。

「知人」與「論世」,「知人」既是關鍵也是目的。可以說,詩歌鑑賞的過程,歸根到底也就是「知人」的過程。你不了解這個人,不了解當時的社會環境,也就不可能很好地了解他的詩,你讀懂了他的詩,也就更好地了解了這個人。那麼,應該怎樣「知人」呢?

首先,自然是要從作品中去了解他,最好是從他的整個創作去把握,這是主要的一方面;其次就是「論世」了,即把作者放到一定的時代背景中去了解,要熟悉生活。以上兩方面前面已反覆强調過,這裡就不再說了。再次,則是洞察詩歌本事的問題。這一點,與「知人」也有著密切的關係,但往往被一些人忽視。

所謂詩歌本事,是指詩歌作品主題所根據的故事原委,包括寫作緣起、作者自注以及一些有關的軼事和民間傳說。洞察詩歌的本事,對於正確把握詩人的用意有著直接的作用。

杜甫的《聞官軍收河南河北》,關於這首詩的主題,傅庚生在《杜詩析疑》中說:「至於此詩的主題說,《杜臆》所說『其喜在還鄉』,《心解》也說『緊申還鄉』,都已經一語說盡:只是高興有還鄉的可能,符合自家的利益而已。」應該說,這一傳統的主題說是片面的,問題也就在於忽視了詩末作者的一條自注,云:「余有田園在東京(洛陽)。」這條自注,現在很多唐詩選本中也看不到，就不能不影響對詩的理解。

詩人為何要做這條自注？我們覺得是有其深意的，詩中說：「青春作伴好還鄉」，「還鄉」幹什麼呢？自注就告訴了我們是因為那裡有詩人的田園。然而，作為一個一向以國家民族命運為重的詩人，為何在「聞官軍收河南河北」這個特大喜訊之後，單單又只想到了他在東京的田園呢？這是很多人未能深究的。我們以為主要是「安史之亂」的爆發，統治者的日趨昏庸腐化，宦豎攬權，外族驕橫，李唐王朝已經日薄西山。雖然國家當時的命運有了一些轉機，但戰火仍一天也未停息。在當時，詩人的理想不僅根本無法實現，反而只能是一天一天地認識到了朝廷的黑暗與腐朽。「江邊老翁錯料事，眼暗不見風塵清」（杜甫《釋悶》），這正是詩人從冷酷的現實中得來的教訓。所以，在這國家統一的喜訊傳來之際，詩人沒有也不可能提出什麼過高的要求，只要平息戰亂，人人都能安居樂業，過上平靜的生活就很不錯了。從這裡，表現了詩人能夠冷靜地從客觀現實出發，嚮往和平的強烈願望。

從另一個角度來看，杜甫當時正攜家帶眷，過著漂泊流離的生活。他在《九日》詩中說：「世亂鬱鬱久為客，路難悠悠常傍人。」試想，這種「常傍人」的寄人籬下的生活，又如何不令詩人憂愁、難熬呢？因此他渴望著回家能安居樂業，自食其力。然而，詩人當時已五十二歲，並且身患多種疾病，他對生活的這種如此頑強不屈的態度，又是多麼值得肯定和讚揚，與那些飽食終日，靠殘酷地壓榨人民為生的統治者比較起來，形成了鮮明的對比。現在看來，用「其喜在還鄉」這句話概括此詩的主題，顯得是多麼的膚淺。可見，作者的這種自注不是隨便可下的，它對於我們理解這首詩的用意的確有很大作用。

再如，關於李白《蜀道難》的創意，歷來是衆說紛紜，莫衷一是。有的說是憂慮杜甫、房琯恐遭嚴武殺害而作（宋．楊遂《李太白故宅記》）；有的說是諷刺蜀地軍政長官章仇兼瓊（宋．沈括《夢溪筆談》）；有的說是爲諷刺唐明皇而作（清．沈德潛《唐詩別裁》）；還有的認爲《蜀道難》係古樂府舊題，作者是蜀人，使用此舊題寫蜀地山川的險要，不是寫一人一事（明．胡震亨《李詩通》）等等，到底誰的正確呢？其實，如果我們查一查此詩的本事也就很容易解決了。繆氏影刻北宋《李太白集》於《蜀道難》題下自注云：「諷章仇兼瓊也。」這條自注已把作者的用意說得很清楚了，只是現在一般詩歌選本看不到。章仇兼瓊在蜀地統治時間較長，是一個頑固的地方割據勢力，並曾勾結楊氏兄妹以鞏固自己的統治。李白擔心章仇兼瓊別有野心，便做了此詩加以譏彈，同時也有規勸即將入蜀的朋友的意思。

洞察詩歌本事，不僅有助於我們把握詩人的用意，而且有時還可以增強我們鑑賞的情趣。古代有很多詩詞還伴隨著一些生動有趣的軼聞和傳說，與詩詞配合起來常常有相得益彰之妙。例如陸游寫給前妻唐婉的詞《釵頭鳳》，這是我們熟悉的。關於此詞的寫作原委以及唐婉和詩，就有這樣的傳說，據陳鵠《耆舊續聞》卷十載：

余弱冠客會稽，遊許氏園，見壁間有陸放翁詞云：「紅酥手，黃縢酒，滿城春色宮牆柳。東風惡，歡情薄，一懷愁緒，幾年離索。錯！錯！錯！春如舊，人空瘦，淚痕紅浥鮫綃透。桃花落，閑池閣，山盟雖在，錦書難托，莫！莫！莫！」筆勢飄逸，書於沈氏園，辛未三月題。放翁先室內琴瑟甚和，然不當母夫人意，因出之。夫婦之情，實不忍離。後適南班士名某，家有園館之勝。務觀一日至園中，去婦聞之，遣遺黃封酒果饌，通殷勤。公感其情，為賦此詞。其婦見和之，有「世情薄，人情惡」之句，惜不得其全闋。未幾，怏怏而卒，聞者為之愴然。此園後更許氏，淳熙間，其壁猶存，好事者以竹木來護之，今不復有矣。

把這段傳說與陸游贈詩和唐婉和詩對照起來看，不論是對作品的理解還是在鑑賞情趣方面，都極有好處。

從唐代開始，就有專門輯錄詩歌本事的書。如唐孟棨所撰《本事詩》，此書分條記述詩人做詩的事實原委，保存了唐代詩人許多軼事和民間傳說，很值得我們一讀。後來，宋代蔡正孫的《詩林廣記》，清代張思岩、宗棣編輯的《詞林紀事》等，也是很有價值的。但是，大量的詩歌本事則散見於一些野史、筆記以及歷代詩話詞話中，或是詩人的創作經驗談中，需要我們平時閱讀時注意。當然，有些詩歌本事是經人們口口相傳，然後由某個作者記錄下來的，還有的甚至純屬一些好事者的編造附會，因而我們在閱讀取捨時要仔細加以鑑別。

二、考析詞意 疏通章句

大家知道，詩歌的語言是千錘百鍊的。有時候為了適應韻律的需要和篇幅的限制，甚至還在選詞造句等方面不得不做一些特殊的處理。這樣，也就給我們鑑賞詩歌帶來了一定的困難，要求我們首先必須弄懂詩歌的字詞，努力打破語言的疑難，疏通章句。不然，也就談不上積極地鑑賞了。

我們可以隨手舉幾個例子。先看看考析詞意與詩歌鑑賞的重要關係。李白《靜夜思》有云：「牀前明月光，疑是地上霜。」其中「疑」字很多人都理解為「懷疑」的意思。乍一看來，似乎也說得過去，但仔細一想，卻不對頭。詩人在第一句裡明明指出「牀前」的景象是「明月光」，怎麼緊接著又會懷疑是「地上霜」呢？顯然，這裡對「疑」字的理解有誤，需要進一步考析。原來，「疑」在古代常用作「類似」、「好像」的意思，通「擬」。如陸游《雪歌》說：「黑雲暗暗如翻鴉，急霰颯颯疑投沙。」這是一聯工對，「如」、「疑」互訓，都是「好像」的意思。又李白的「飛流直下三千尺，疑是銀河落九天」，其中「疑」字也應解作「好像」。明白了這一點，我們再看上面的《靜夜思》就好理解了。

再如《木蘭辭》中的「開我東閣門，坐我西閣牀。」有人說：「花木蘭『坐西閣牀』，是要『脫我戰時袍，著我舊時裳。』一個大姑娘換衣裳，總要避避人吧。」（見一九七八年《江蘇文藝》第一期）這意思好像很有道理，因爲大姑娘在「臥房」裡換衣服的確是要避避人的，但這裡的「西閣」並不是「臥房」，「牀」更不是我們作爲臥具的牀，而這裡是用作坐具，即指胡牀。《木蘭辭》中所寫，是表示花木蘭開東閣、西閣門、坐西閣、東閣牀（互文見義），內心激動，不能自己。由上看來，對詩句字詞的意思未能弄清楚，鑑賞理解必定會發生偏差。

鑑賞詩歌，考析每一個字詞的意思是很必要的。尤其是閱讀古典詩歌，會發現許多費解的古代口頭語言。當時本來是好懂的，但時過境遷，我們今天就不大容易理解了，需要認真地加以辨析。如何考析詞意呢？大致說來，可以從這樣幾個方面去著手：

1、通過查找工具書弄清詞意。

這裡說的是工具書，當然包括《辭源》、《辭海》等這樣一些基本的工具書，但更重要的是查找一些閱讀詩詞的專門工具書。這方面的著作，就閱讀我國詩歌而言有這樣幾種：一種是張相的《詩詞曲語辭匯釋》，一種是徐嘉瑞的《金元戲曲方言考》，再一種是顧學頡、王學奇的《元曲釋詞》。

2、《詩詞曲語辭匯釋》滙集了唐、宋、金、元間流行於詩、詞、曲中的特殊詞語，收錄的詞目包括方言、俗語和詩詞中常見的一般古代口語。所收單字和詞組共約二千條左右。引證原文，排比材料，然後加以解釋，內容豐富，而且解釋大都完備而精闢，查求比較方便。《金元曲方言考》收集了《元曲選》、《古今雜劇三十種》、元人散曲以及明人劇作中比較費解的方言詞語，共七百餘條。查閱這部書，對於我們鑑賞元曲是很有幫助的。像書中所收方言，大部分是現在比較費解的詞語，如「俏泛兒」、「兀良」、「統鏝」等。而這些當時的口語，在一般的辭書中如《辭海》、《辭源》又很少收錄解釋，就只好求助於此書了。

3、通過辨明音讀理解詞語。

古體詩歌由於講究平仄四聲，而漢語語音調值的變化又直接影響到字詞的意義，所以對某些字的讀音要求更嚴。如果未能辨明音讀，就會因讀錯字音而損害詞義，同時還會損害詩歌的音樂美。例如魯迅《悼柔石》中有云：「慣於長夜過春時，挈婦將雛鬢有絲。」這裡的「將」字，有些魯迅詩歌注釋本注音爲「jiàng」，那就是「率領」的意思了。就這句詩的平仄來看，這是一個「仄平腳」的句子，如果把「將」讀作「jiàng（仄）」，那麼，除韻腳外，則只剩下一個平聲字「雛」，就犯了「孤平。」因此，按照格律「將」應該讀作「jiāng」，與「出廓相扶將」（《木蘭辭》）的「將」相同，是「攙扶」的意思。就這句詩的用音來看，釋「將」爲「攙扶」也更爲貼切。當時，魯迅受國民黨反動派的迫害，海嬰才一歲零三個月，對這樣小的孩子是不好說「率領」的。

要辨明音讀，就得懂得一點舊體詩的格律，否則就會誤會詩人們的用心。再比如王維有一首著名的小詩《鹿柴》:「空山不見人,但聞人語響;返影入深林,獨照青苔上。」上海古籍出版社一九七八年出版的《唐詩一百首》,卻將此詩中的「響」字改成了「聲」字。爲什麼要這麼改呢?大概是編注者忽略了此詩的格律,結果把音弄錯了,詩的意境也顯得淺顯了許多。原來,這是一首押仄韻的五絕,首句不入韻,「響」與「上」相叶,用的是上聲「養」部韻。而編注者或以爲「人」與「林」入韻(實際上「人」與「林」也不在一個韻部),又似乎覺得「人語響」不妥,便改成「聲」字。這樣一改,就成了一首非常拙劣的「亂韻詩」。就詩意來看,「響」包含有聲音和聲音的回響兩層意思,與前一句「空山不見人」合起來,原是很自然的、逼真的。因爲「不見人」,所以只能聽到人的聲音;因爲是「空山」,所以才有聲音的回響。一個「響」字,實在是千金難易,可謂「詩眼。」但改作「聲」,效果就迥然不同了。

從上面看來,辨明音讀與正確把握詞語的意義,領會全詩的意境都是很有幫助的。

4、通過閱讀注釋了解詞意。

對於接觸詩詞不多的同志來說,開始可以找一些有注解的通俗選本來讀,這對於正確了解那些比較難懂的字詞是最直接、最捷徑的辦法。

讀選注本開始不宜讀古人的注本。因爲古人注解詩詞,往往喜歡花很多的工夫尋找詞語的來歷,而對詞語本身的意義講得很少,這對於我們一般鑑賞者來說,實在有「隔靴搔癢」之感。比如杜甫的《兵車行》,這首詩並不難懂,而清人仇兆鰲的《杜詩詳注》卻密密麻麻地注了三千多字。

有些本來比較明白易懂的詩句，經注者一注，反而使人糊裏糊塗了。像「行人弓箭各在腰」一句，仇注云：「《詩》『行人彭彭』。《搜神記》李楚賓帶弓箭遊獵。」這樣，反多了「彭彭」何義、李楚賓何人，這與「行人弓箭各在腰」有何關係一連串的疑問。所以，我們一般鑑賞還是閱讀今注本爲好。比如上面提到的這句詩，社科院編的《唐詩選》就只注「行人」一詞，云：「行役的人，即征夫。」這注解就很簡明，不致於讀者因「行人」一詞發生歧義。

當然，考證詩歌詞語的來龍去脈，它對於了解詩人的借鑒與創新等還是有一定意義的。但如果藉考證來賣弄自己的學問，一味地「掉書袋」，牽强引證，這就有害無益了。同時，有許多字詞和典實，要追尋它的原始也是不必要或不可能的。杜甫《新婚別》中的「婦人在軍中，兵氣恐不揚」，仇兆鰲説它是始於漢朝李陵所説的「吾士氣少衰而鼓不起者，何也？軍中豈有女子乎？」但，古人認爲婦女在軍中是不祥的這樣的觀念並不始於漢朝的李陵。《左傳》襄公二十五年，鄭伐陳，陳侯奔，賈獲爲了把車讓給陳侯，叫母妻下車，認爲在戰爭中與婦女同車不祥。還有《列女傳》載：趙簡子伐楚，不與津吏之女同舟而渡，也是認爲出征時與女子同舟不祥。關於類似的記載還有一些，杜甫這兩句詩的意思到底出自什麼地方呢？我們誰也不能斷定，而且也完全沒有必要去刨根究底。否則，詩歌鑑賞便成了一種煩瑣的考證而了無意味。美國現代詩人瓦薩・米勤女士曾不無感嘆地指出：「有些批評家對於詩人每一兩個字的意義都攔住不放，問長問短，這簡直引起我的憤怒。」（霍華德・奈莫洛夫編《詩人談詩》第二〇四頁，三聯書店一九八九年版）這是我們在考析詞意的過程中應當注意的一個問題。

弄清字詞的意思，是詩歌鑑賞的基礎，也是疏通章句的必要步驟。新詩比古體詩的鑑賞在字詞理解上的困難要少一些，但仍然要細加考析：

除夜的兩枝搖搖的白燭光裡，
我眼睜睜瞅著，
一九二一年輕輕地踅過去了。

——朱自清《除夜》

時間的冬去春來，周而復始，用「輕輕的踅過去了」來形容是非常好的，時光的流逝於恍惚不覺之間。這裡的「踅」原是指人來回地走，如果我們不了解它的本意，也就難以體會到詩的精微妙處了。

有些詩還用了典故，這就更值得我們注意了，請看約．彌爾頓《哀失明》中的一節：

想到了我在這茫茫漆黑的世界裡，
還未到半生，這兩眼已經無用，

想到了神賜的泰倫特，竟被我藏起來，
神會把我丟進死亡的黑暗中，
儘管我一心想用它服務造物主，
免得報賬時，得不到他的寬容；
想到這裡，我就愚蠢地自問，
「神不能給我光明，還要我做日工？」

詩人彌爾頓中年失明，這首詩主要是用《聖經》的典故借以自喻的，我們如果對其中的「泰倫特」不理解，也便無法讀懂這首詩。泰倫特是古代希臘等國計算銀子的單位，這裡牽涉到《聖經》中的一個故事：從前有一個主人，即將遠行，把三個僕人找來，給第一個僕人五個泰倫特，第二個僕人兩個泰倫特，第三個僕人一個泰倫特，要他們拿錢做生意。主人回來後，他們都來交賬。前兩個僕人賺了不少錢，第三個僕人没有做生意，因怕虧本，就把銀子埋在地下。主人對未能賺錢的僕人很不滿意，便把他丟進黑暗的地方去了。這裡，詩人彌爾頓用「泰倫特」的故事來比況自己，他希望光明，希望工作，可是，爲什麼「神不給我光明，還要我做日工？」流露出了無限的哀傷！此外，詩歌在句法、修辭上也有它特別的地方，我們也應該有所了解。主要有這樣幾個突出的特點：

第十，省略謂語。

謂語和主語同是句子的主要成分，在散文裡，省略主語的情況是有的，但缺少謂語的句子卻很少見。在詩歌裡，謂語被省略很常見，讀時稍不注意就會引起誤會。如白居易《琵琶行》：「五陵年少爭纏頭，一曲紅綃不知數。」前一句中的「爭」字，很容易誤解為動詞謂語「爭奪」。實際上，這句詩的意思是，五陵貴族子弟競相給歌妓贈送「纏頭」（即絲織品）。「爭」當狀語用，而謂語「贈送」卻省略了。再如：

雲構山林盡，瑤圖珠翠煩。——陳子昂《感遇》

（因蓋雲構而把山林伐盡，因做瑤圖而用了很多珠翠。）

秋聲萬戶竹，寒色五陵松。——李頎《望秦川》

（秋天的風聲響徹整個竹林，寒氣侵襲著五陵的青松。）

浮雲遊子意，落日故人情。

（漂浮的雲彩有如遊子的心意，西下的太陽滿含故人的感情。）

——李白《送友人》

十里桃花，／十里楊柳，／十里紅旗風裡抖……

——嚴陣《江南春歌》

（十里桃花開遍，十里的楊柳依依拂動……）

第二，以詞組代句。

在詩歌裡，一個句子就是一兩個詞組，這種情況也較多。這類句子，所省略的不一定是主語或謂語，也可能是其他成分。因此，我們閱讀時就要緊緊扣住題意，聯合前後詩句仔細思考，才可能正確理解。

以詞組代句的例子，最典型的是馬致遠的散曲《秋思》。現代新詩中如綠原的《西德拾穗錄．過羅雷萊》：

輕風，細雨，微波
教堂，古堡，村落

蕩漾著，蕩漾在

沒有皺紋、沒有瘢痕的

彩緞似的萊茵河

前兩行都是由幾個名詞性詞組構成句子，顯得語言十分精闢。當然，這些句子究竟省略了什麼，有時是很難肯定的。一般說來，以詞組代句子，常常在描寫景物和環境時採用，所以我們鑑賞它的時候，只要得到一個完整的意象或圖景就可以了。如果要譯成白話散文，那就要看透全篇精神，聯繫上下文仔細斟定。

第三，謂語前置。

在正常情況下，句子的各種語法成分的排列是有一定順序的。但在詩歌中，由於種種限制，卻存在著種種語序顛倒的現象，最突出的語法特點就是謂語前置，這在散文裡也是很少見的。如「竹喧歸浣女，蓮動下漁舟」（王維《山居秋暝》），「歸」和「下」均前置於主語「浣女」和「漁舟」之前。再如「柴門聞犬吠，風雪夜歸人」（劉長卿《逢雪宿芙蓉山主人》），後句「歸人」即是「人歸」的倒裝。

上面兩例都是謂語前置於主語之前的，在有的詩詞中，謂語還會前置於狀語之前。如我們所熟悉的「僧敲月下門」，實際是「僧在月下敲門。」再如「雙燕歸來細雨中」（歐陽修《採桑子》），也是「雙燕在細雨中歸來」的倒置。

此外，在詩裡還有動賓（或動補）倒置，修飾語和中心詞倒置等情況，這些我們在閱讀鑑賞時都要細加注意。

第四，錯舉互見，亦稱互文。在詩歌中，常常會碰到這種情況：即在前句裡包孕著後句未出現的詞，在後句裡又蘊含著前句裡應出現的詞，閱讀時要領會前後意思，補充完整。例如樂府《木蘭辭》中的：「雄兔腳撲朔，雌兔眼迷離。」前句省略了「眼迷離」，後句省略了「腳撲朔」，意思是說，雄兔與雌兔都是「腳撲朔」、「眼迷離」，難以辨別。又如《孔雀東南飛》裡的「東西植松柏，左右種梧桐」（即前後左右都栽上了松柏和梧桐）；「枝枝相覆蓋，葉葉相交通」（即枝枝葉葉都相互覆蓋，交通著）等等。

從上面看來，互文是指兩種事物在前後句中互相體現、互相滲透、互相補充的一種修辭方法。它們一般由前後兩個句子組成，但意義上是合指的，可以梳理成爲一個句子。不過在個別情況下，也有由一個句子構成互文的，但仍然指的是兩種事物，如王昌齡《出塞》：「秦時明月漢時關，」這裡「明月」與「關」分開來說了，實際上也是合指，即「秦漢時的明月秦漢時的關。」

詩歌中是否有互文的情況，從形式上看很類似於平行語的省略，總是兩種事物對稱地提出而又互相補充，即錯舉互見。閱讀時，對照前後補上省略的字詞，意義才顯得更爲清楚，也才能準確理解。

第五，拆字。

所謂拆字，是把一個字拆成兩個字或幾個字，用這兩個或幾個字表達一個字的意思，例如東漢童謠：「千里卄，何青青；十日卜，不得生。」（見《後漢書．五行誌》）這是一首痛斥董卓的詩，「千」、「里」、「卄」是「董」字的拆字；「十」、「日」、「卜」是「卓」字的拆字。實際上，拆字不過是一種文字遊戲，很難說是一種積極的修辭格，但在古代詩歌中，拆字的情況也不少，我們不理解，就會影響對作品的鑑賞。

上面從如何考析詞意和注意詩歌句法、修辭上的特點等方面，集中闡述了如何打通詩歌的語言難關。要打通詩歌語言的難關，牽涉到的問題比較多，這裡都只能擇要地談談，後面我們還會陸續談到。

第七章　詩歌鑑賞的發展

一、草蛇灰線　意脈可尋

詩歌是一種跳躍性較大的藝術形式，往往使人感到在語意上似乎前後不相銜接。這是因爲詩歌要求內容高度概括的結果，不僅散文中常用的連詞、介詞等很少使用，而且篇幅的限制也不可能像散文那樣寫得很細緻。所以意象的轉換和過渡，常常略去一些説明性的中間環節。乍看起來，就會給人一種「丈二和尚摸不著頭腦」的感覺。我們看杜甫晚年漂泊湖南時寫的《小寒食舟中作》：

佳辰強飲食猶寒，隱幾蕭條戴鶡冠。
春水船如天上坐，老年花似霧中看。

娟娟戲蝶過閑幔，片片輕鷗下急湍。
雲白山青萬餘里，愁看直北是長安。

這首詩一開頭就有點蹊蹺。既是「佳辰」，爲何又要「强飲」呢？接下來怎麼又扯到隱士的「鶡冠」？再下面一會兒說坐船，一會兒又說看花，一下寫「戲蝶」，一下又寫「輕鷗」，最後又寫到「萬餘里」之外的「雲白山青」，真叫人如墜五里霧中。但是，我們如果圍繞這些問題再仔細思索，就會發現這些詩句前後看好像跳脱斷缺了什麽，有東扯西拉之感，實際上卻是一句接著一句，意脈聯屬，整然可觀的。宋代范溫《詩眼》有云：「古人律詩，亦是一片文章，語或似無倫次，而意若貫珠。」（轉引自胡仔《苕溪漁隱叢話》前集卷七）這是很有見地的。我們將上面杜甫的這首詩用白話文改寫出來，補上詩句間所省略的內容，原來也就是這樣：

寒食節剛剛過去，今天還是小寒食。我一個人漂泊他鄉，不僅自己的才志無人賞識，而且又遠離朝廷，但在這良辰美景，雖說是老病纏身，還是勉強喝上幾盅酒，也算是過節吧！寒食節因爲禁火，自然吃的是幾天前的冷食，此時更覺淒冷和孤寒。飯後靠著小桌子，一個人呆坐在船上，頭戴著隱士的鶡冠，似乎顯得清高，但畢竟是蕭條的。

船外青水蕩蕩，江面廣闊，水連著天，人坐在船上，就恍如在天上航行；偶爾看見那岸邊的花草，林林總總，紅紅綠綠，好像罩著一層濛濛的薄霧。哎！年歲終究不饒人，人老了，兩眼昏花，連花草也看不清了。再回過頭來看看這江面上一對對美麗的蝴蝶，相互追撲嬉戲著，飛過我船邊垂下的布幔，還有那一片片輕巧的白鷗，順著急流飄飆而下，它們是多麼的悠閑自在啊……此情此景無不觸動我漂泊在外的愁思——我不禁望著那正北的方向，在萬餘里的青山白雲之外，就是首都長安。我一生寄祖國希望於李氏朝廷，並懷著「至君堯舜上，再使風俗淳」的理想。而今朝廷卻奸臣當道，國家到處兵戈未息，自己也和很多人一樣流離失所，這怎麼不叫人失望而憂愁呢？

這不是一篇短小精美的《小寒食隨想》的散文嗎？我們讀了以上的文字再回到原詩上來，就不難體會到作品本是有條不紊的，了無突兀之感。全詩就是圍繞「愁看直北是長安」這個詩意，並緊緊扣住一個「愁」字。首聯破題從小寒食的習俗寫起，寫「强飲」和「戴鶡」透露出詩人的抱負未能被人理解，故有「愁」；頷聯和頸聯即景襯情，「戲蝶」、「輕鷗」悠遊自在，而自己無所作爲又老之將至，故有「愁」；尾聯「卒章顯其志」，直寫「愁」字，與全詩融爲一體。

范溫說，古人律詩亦是一片文章。其實，一切好詩都是一片文章，只是一般人不易覺察罷了。不過，我們這裡將把這個謎底揭開，倒也是很簡單的。原因是：任何一首好詩的意象，儘管變化多端，「似無倫次」，但總有一個歸宿，即必有一個「一以貫之」的東西。這個「一以貫之」的「一」指的是什麼呢？也就是詩人在寫作某作品時所確立的「意」（主題思想）。就上面這首詩來看，種種意象都在爲了表現一個「愁」字，「愁」字貫穿始終。

我國歷代的詩論，强調詩歌創作以意爲主。王夫之說：「意猶帥也。無帥之兵，謂之烏合。」（王夫之《薑齋詩話》卷下）這是很有代表性的意見。所以，如果我們不知道《小寒食舟中作》是要抒寫詩人之「愁」，也就自然不能看出詩句之間內在的邏輯聯繫，好像是一些零亂的「烏合」之詞。看來，把握住這個「一以貫之」的「一」，對於詩歌鑑賞來說，就顯得很重要了，其他總是萬變不離其宗，我們是可以按圖索驥的。

上面所揭示出的這個道理，古人很早也曾有過類似的論述。劉勰指出：「尋詩人擬喻，雖斷章取義，然章句在篇，如繭之抽緒，原始要終，體必鱗次。……故能外文綺交，內義脈注；跗萼相銜，首尾一體。」（劉勰《文心雕龍·章句》）張炎《詞源·雜論》談到秦觀的詞也說：「秦少游詞，體制淡雅，氣骨不衰，清麗中不斷意脈，咀嚼無滓，久而知味。」清代宋長白《柳亭詩話》卷十五更是十分清楚地指出：「詩有句斷而意不斷，一氣連綿。」這些說法，既强調了詩歌創作要意脈流注，句斷而意不斷，同時也揭示了詩歌鑑賞之要妙。

現在可以這樣說了，意脈乃是詩歌鑑賞的一道「鐵門限」，跨過這道「鐵門限」，便可進入一片新的藝術天地，從而獲得一個完整的藝術生命。否則，我們所得到的只能是一些雜亂的、不聯屬的模糊意象。那麼，詩的意脈容易不容易把握呢？我們說，既不容易又容易。方東樹在《昭昧詹言》中說：「漢、魏人（指他們的詩文）大抵皆草蛇灰線，神化不測，不令人見。苟尋繹而通之，無不血脈貫注生氣，天成如鑄，不容分毫移動。」所以說不容易，是因爲詩之意脈，猶如「草蛇灰線，神化不測，不令人見」；所以說容易，又正是因爲它猶如「草蛇灰線」，可以「尋繹而通之」。「草蛇灰線」的意思就是說，點燃一根草繩，拖著它走，草灰會一路留下隱隱約約的痕迹，像一種蜿蜒前行的蛇，一路引導你走向目的之地，不致於迷失方向。詩之意脈，就好比這「草蛇灰線」，斷而不斷，忽現忽伏，若導若追，把我們帶進作品的意境中去。

「草蛇灰線」，意脈可尋。那我們又如何沿著「灰線」去尋求意脈呢？換句話說，詩之意脈又是通過哪些具體形式表現出「灰線」的存在的呢？

在通常情況下，詩的意脈往往通過「詩眼」表現出來，所謂「詩眼」，就是指作品中那些最能表現主旨，顯得特別精彩警策的字詞或句子。歷來詩家詞人無不十分講究「詩眼」的提煉。陸機《文賦》所說「立片言以居要，乃一篇之警策」，這也可以說明「詩眼」的作用。有人把「詩眼」稱爲「一字見境界」，道理也就在這裡。因此，「詩眼」往往也就是精神之所在，從這裡完全可以窺見作品意脈的「草蛇灰線」。比如陶淵明的《飲酒》第五首：

結廬在人境，而無車馬喧。
問君何能爾？心遠地自偏。

採菊東籬下，悠然見南山。
山氣日夕佳，飛鳥相與還。
此中有真意，欲辯已忘言。

這首詩毫不造作，純是一片天籟，不可字尋句摘。但「悠然見南山」這一句，《文選》卻作「悠然望南山」，一字之差，意境就全然不同了，這「見」字也許就是「詩眼」之所在。蘇東坡評「見」、「望」二字的優劣時說：「因採菊而見山，境與意會，此句最有妙處。近歲俗本皆作『望南山』，則此篇神氣都索然矣。」（《東坡題跋》）即是說，「見」是偶然見山，初不經意，表現出詩人悠閑自然、無所用心的情意，又正與全篇精神相與融浹。而「望」是有意而望，不免顯出造作之態，又與整個情調相悖謬。因此，理解了這個「見」字，全詩主旨也便初見端倪。

像這樣的例子很多，還如「僧敲月下門」的「敲」字，「春風又綠江南岸」的「又綠」二字等。當然，「詩眼」不只限於一句中的一兩個字，它也可以是一篇中的一兩句。請看艾青的這首題爲《太陽》的詩：

從遠古的墓塋
從黑暗的年代

從人類死亡之流的那邊
震驚沈睡的山脈
若火輪飛旋於沙丘之上
太陽向我滾來……

它以難遮掩的光芒
使生命呼吸
使高樹繁枝向它舞蹈
使河流帶著狂歌奔向它去

當它來時，我聽見
冬蟄的蟲蛹轉動於地下
羣眾在曠場上高聲說話
城市從遠方
用電力與鋼鐵召喚它

於是我的心胸
被火焰之手撕開
陳腐的靈魂
擱棄在河畔
我乃有對於人類再生之確信

此詩的詩眼不在哪一個字詞，而是「太陽向我滾來」，「我乃有對於人類再生之確信」這兩句。我覺得整首詩的意思都是從這裡發出來的，或者說，其他句子都是爲了渲染、襯托這個意思。比如第一節，前面五行都可以說是最後一行的狀語，表明時間、方位、性態，把日出的景象寫得動人心魄，氣勢非凡。第二、三節寫日出後萬物的復甦，將上節的感受和理念進一步具體化，從而把「太陽向我滾來」這個意象烘托得格外鮮明、美妙、生機勃勃。最後一節點明詩人的信念：「對於人類再生之確信」，這是「太陽向我滾來」以及各種意象伸延和推移的必然結果。就這樣，全詩緊緊扣住「詩眼」，或稱「意脈句」，寫得從容不迫，有條不紊。

詩的意脈常常也有通過「卒章顯其志」的方式表現出來的。白居易在《新樂府》自序中說：「首句標其目，卒章顯其志，《詩三百》之意也。」這裡的「章」是段的意思，《詩經》裡很多作品，都是從開頭一句詩中挑出兩個字或逕直用第一句作爲題目，每段末用比較明白的話揭示出題意，即所謂「卒章顯其志。」像《卷耳》、《桃夭》、《木瓜》等等，都屬於這一類作品。「卒章顯其志」，這的確是《詩經》的一個特點。後來的詩家詞人在創作中有不少也有意無意地學習這種方法，而更多的是篇末點題，畫龍點睛。這裡是殷夫《無題》組詩中的第一首：

是夜間的時辰，
火車頻頻的尖著聲音，
樓上有人拉著胡琴，
「餛飩……點心……」
有牌兒的聲音，
乞兒呻吟，
都市的散文！

全詩除最後一句外，前面都是具體地鋪寫都市裡的各種各樣嘈雜的聲音。從火車頻頻的尖音的聲響到乞兒痛苦的呻吟，這哪裡有詩呢？可是最後作者巧妙地點出它是「都市的散文」，也點出了詩，透露出作者對那個亂哄哄的世界的深切關注。這最後一句，也便是全詩的意脈，抓住了它，整個詩的意境也就把握住了。

「卒章顯其志」，有像上面這首詩比較明白地說出的，也有比較含蓄地表達的，像前面所引杜甫的《小寒食舟中作》就是如此。「愁看直北是長安」，我們只知道這首詩在寫「愁」，但「愁」的是什麼呢？沒有說出，還有待讀者去發現。

有一類作品，大致是按照時間順序來貫穿意脈的，詩句之間沒有很大的跳躍，這在敘事詩和帶有敘事成分的抒情詩中常常採用。比如樂府《孔雀東南飛》，其意脈走向與詩中情節的時間順序是相吻合的。該詩小序中說：「漢末建安中，廬江府小吏焦仲卿妻劉氏，爲仲卿母所遣，自誓不嫁。其家逼之，乃投水而死。仲卿聞之，亦自縊於庭樹。」全詩正是按照這樣的情節線索來安排的，依次通過仲卿受斥、夫婦話別、縣令遣媒、阿兄逼嫁、夫婦盟誓、雙雙赴難等場面的敍寫，意脈清楚，客觀地暴露出封建宗法制度所造成的罪惡。

上面幾種情況，重點不在於告訴讀者「意」是什麼，而在於給我們分明地呈現出意脈流動的「草蛇灰線」。

有的時候，詩人也通過重疊複沓的形式明確表現出詩的意脈。就是說，將那些關鍵的語句在詩中多次出現，反覆詠唱，引起讀者的注意。這些個句子，一般都是「意脈句」，我們是不能輕易放過的。例如《詩經．揚之水》：

揚之水，不流東薪。彼其之子，不與我戍申。懷哉懷哉！曷月予還歸哉？

揚之水，不流束楚。彼其之子，不與我戍甫。懷哉懷哉！曷月予還歸哉？
揚之水，不流束蒲。彼其之子，不與我戍許。懷哉懷哉！曷月予還歸哉？

這首詩三章，就其一章來看，是用「卒章顯其志」的形式；就全詩來看，就是重疊複沓。作者將「懷哉懷哉！曷月予還歸哉？」的句子反覆詠唱，就鮮明地表現出駐守在外的士兵思念家鄉的主題。這種形式，在現代新詩中也多爲採用。再請看楊牧的《天安門，我該怎樣愛你》：

我是一朵遙遠的白雲，向這裡飄逸；
我是一粒失散的青紗，向這裡匯集；
我是一首絳紫的情詩，向這裡凝聚；
我是一顆晶瑩的淚珠，向這裡灑滴。

天安門，我該怎樣愛你？

沒有了：浮泛的頌歌，單純的狂喜；
沒有了：天真的遐想，幼稚的新奇；

我愛！我卻像個懂事的孩子，
從感情的風箏開始收理這愛的端緒。
天安門，我該怎樣愛你！

這就是你的華表嗎？天安門，
我愛它，並不因為它外表的華麗；
這就是你的雕欄嗎？天安門，
我愛它，並不因為它無暇的白玉。

天安門，我該怎樣愛你……

詩中反覆出現的「天安門，我該怎樣愛你！」顯然，它便構成了整個詩篇的主旋律。再像何其芳的《生活是多麼廣闊》、郭小川的《甘蔗林——青紗帳》、未央的《祖國，我回來了》、柯岩的《周總理，你在哪裡？》等都是通過對「意脈句」反覆吟唱來表現的。

比較困難的是，有的詩的意脈卻沒有什麼明顯的外表形式，這就需要一句一句地去跟蹤分析，看句與句之間到底省略了什麼，它們有什麼聯繫，多問幾個爲什麼，這樣從整體上把握作品的意脈。例如杜甫的《聞官軍收河南河北》，范溫的《詩眼》對此詩分析就很中肯：

《聞官軍收河北》（魏按：題誤）詩云：「劍外忽傳收薊北，初聞涕淚滿衣裳。」夫人感極則悲，悲定而後喜。忽聞大盜之平，喜唐時復見太平，顧視妻子，知免流離，故曰：「卻看妻子愁何在？漫卷詩書喜欲狂。」從此有樂生之心，故曰：「白日放歌須縱酒」。於是率中原流離之人同歸，以青春和暖之時即路，故曰：「青春作伴好還鄉」。言其道途，則曰：「即從巴峽穿巫峽」；言其歸宿，則曰：「便下襄陽到洛陽」。此蓋曲盡一時之意愜當眾人之情，通暢有條理，如辯士之語言也。（轉引自胡仔《苕溪漁隱叢話》前集卷七）

表面看來，杜甫這首詩具有極大的跳躍性，忽悲忽喜，忽泣忽狂，意象的轉換特別頻繁，感情變化異常迅速，一般人的確難以把握。但我們看范溫對此詩意脈的逐句分析，頓覺暢達無阻，原來是一脈貫注的。尤其是「忽傳」、「初聞」、「卻看」、「漫卷」、「即從」、「便下」等詞，猶如一個個軸承滾珠，顯得極其圓轉自如，透露出詩人心中一片輕鬆歡快之情。這歡快之情，也便是隱伏在這種「似無倫次」的語言外殼中的卻是「貫珠」一樣的完整的意脈。

總的說來，任何一首好詩，都是有聯繫有照應的統一整體，它總是通過明與暗、隱與現、斷與續的種種「草蛇灰線」，體現出完整而聯貫的意脈，無不可以「尋繹而通之」。上面，我們說明的這幾種意脈的表現形式，有時它們是相互聯繫的，具體到某一作品時，我們可以從幾個方面來分析，力求全面、正確地去把握作品的意脈。當然，如果真是沒有意脈流注的作品，也就不可能成爲活生生的詩歌藝術，不過是一些烏合之詞。過去有個笑話，說是有位不學無術的秀才，某日大發詩興，搖頭吟道：

東邊桃紅柳綠，西邊大雪紛飛，
樹上知了唱歌，真真好一派秋景也！

這真是一派胡言！「桃紅」、「大雪」、「知了唱歌」，風馬牛不相及，這又怎麼是「好一派秋景」呢？顯然，這「秋景」是不可能貫穿詩的始終的。

二、以意逆志　進入意境

對一篇詩歌作品，當我們疏通了它的字、詞、句之後，再應該如何去體會作者的用意和進入作品的意境呢？對此，孟子又曾提出了另一個鑑賞方法——「以意逆志」。

孟子有個學生叫咸丘蒙，他有一次讀到《詩經．小雅．北山》中的「普天之下，莫非王土；率土之濱，莫非王臣。」感到不好理解。他問：「既然說天下無人不是王的臣僕，那麼，舜做了天子，難道他父親也是他的臣僕嗎？」孟子回答說：「這正是詩的特點，它說的不是這個意思，而是說當時給王家當差的人苦於早晚爲王家公差忙亂煩勞，不能在家耕織，就怨恨官家不公平，分配公差勞逸不均，說，既然大家都是王的臣僕，爲什麼偏偏要我承擔這麼重的苦差呢！」從這個事實裡，孟子接著總結出了這樣一條詩歌鑑賞的方法或原則：「故說詩者，不以文害辭，不以辭害志。以意逆志，是爲得之。」（《孟子．萬章》）意思是說，鑑賞詩歌不要只抓住個別字眼的意思而曲解了一句話，也不要只斷章取義地抓住某一句詩的表面意思，而弄錯了整篇作品的原義。正確的鑑賞方法是：不膠柱鼓瑟，拘泥不化，而要設身處地去意會和感受作者在作品裡所展現的意境，這才有可能得到詩人構思行文的真諦。

孟子的「以意逆志」所包含的內容是很豐富的，他雖然未能展開論述應該如何「以意逆志」，但我們從這裡並聯繫他另外一些有關鑑賞的觀點，至少可以得到這樣幾點啓示：

其一，感受詩的意境必須從整體上去把握，不以文害辭，不以辭害志。

詩歌篇幅短小，講究煉字煉句，句與句之間有很大的跳躍性，但就每一句來說又有一定的獨立性。詩的這一特點，往往使得一些讀者不是從整體上去把握詩的意境，而熱衷於挑章摘句地去欣賞。

春秋戰國時期，社會上流行著「賦詩斷章」之風，即從《詩經》裡摘引某些詩句來表達思想，證成己說，此所謂「春秋觀志，諷誦舊章，酬酢以爲賓榮，吐納而成身文。」（劉勰《文心雕龍・明詩》）這種各取所需，賦詩斷章，以顯示自己說話的文采的方式，本無可厚非。但是，那些士大夫們所賦之詩往往只求合己之「意」而背離了詩人之「志」，這不能不給正確的詩歌鑑賞和批評帶來不良影響。所以，孟子提出了「以意逆志」說，主張不應以文害辭，以辭害志，要從整體上去把握作品，感受意境，這無疑是十分正確的。

古代有些詩話詞話，常常挑出一兩個字或一兩句詩大加稱讚，有時也難免給人以支離破碎的感覺。王國維《人間詞話》云：「『紅杏枝頭春意鬧』（宋祁《玉樓春》），著一『鬧』字而境界全出，『雲破月來花弄影』（張先《天仙子》），著一『弄』字而境界全出矣。」這是後人喜歡稱道的話。但我們則認爲，王國維這裡單指出「鬧」、「弄」二字仍不免有片面之處。講「鬧」字，最好是和前一句「綠楊陰外曉寒輕」的「輕」字對照起來看。因爲「輕」與「鬧」都是運用詩詞中「通感」的修辭格來寫春天的景物。「輕」，是從視覺裡寫觸覺，寫出了春天早晨氣溫的特點；「鬧」，是從視覺裡寫聽覺，寫出了春天生機勃勃的景象。「輕」與「鬧」可謂是對春天景物傳神的描摹，鑑賞時不宜執著某一個字。再說「雲破月來花弄影」這句詩，我們同意沈祖棻的觀點：「其好處在於『破』、『弄』兩字，寫得極其生動細緻。天上，雲在流；地下，花影在動；都暗示有風，爲以下『遮燈』、『滿徑』埋下伏線。」（沈祖棻《宋詞賞析》第十四頁，上海古籍出版社一九八〇年版）抓住「破」、「弄」兩字而不只談一『弄』字，確有過人之處，值得肯定。

　元好問《論詩三十首》中說：「池塘春草謝家春，萬古千秋五字新。」所謂「萬古千秋五字新」即指謝靈運《登池上樓》中的「池塘生春草」這五個字，這便是從一首詩中挑出一個句子來欣賞的例子。其實，單就這五個字來看是並沒有什麼意味的。張戒《歲寒堂詩話》認爲此句並不「可觀」，它的好處只不過是「稍免雕鐫」而已。就全詩看來，此句更不值得如此過高的評價。《登池上樓》詩云：

潛虬媚幽姿，飛鴻響遠音。薄霄愧雲浮，棲川怍淵沈。進德智所拙，退耕力不任。循祿反窮海，臥疴對空林。衾枕昧節候，褰開暫窺臨。傾耳聆波瀾，舉目眺嶇嶔。初景革緒風，新舊改故陰。池塘生春草，園柳變鳴禽。祁祁傷豳歌，萋萋感楚吟。索居易永久，離羣難處心。持操豈獨古，無悶征在今。

詩的內容空虛蒼白，只是堆砌了一大堆晦澀的詞藻，並未完全擺脫東晉以來「平典似道德論」的玄言詩的影響。沈德潛評論此詩說：「胸無感觸，漫爾抒詞，縱辦風華，枵然無有。」（沈德潛《說詩晬語》卷上）這話不是沒有道理的。

　我們强調要從整個作品去把握詩意，是不是不能單獨欣賞那些佳字佳句呢？當然不是。關鍵是首先要看整個作品如何，同時你所挑出的字句在整個作品中的確又是「片言居要」的，有一定的獨立性，但絕不能「以文害辭，以辭害志。」以上所舉出的例子，多少都有這方面的毛病，只是還談不上「以文害辭，以辭害志」罷了。

我們再來看看這樣一個例子：杜甫《茅屋爲秋風所破歌》有詩句：「安得廣廈千萬間，大庇天下寒士俱歡顏，風雨不動安如山！嗚呼！何時眼前突兀見此屋，吾廬獨破受凍死亦足！」郭沫若在《李白與杜甫》裡評論說：「那樣的『廣廈』要有『千萬間』，不知要費多大的勞役，詩人恐怕沒有夢想到吧？如果那麼多的『廣廈』真正像蘑菇那樣在夜間湧現了，詩人豈不早就住進去了，哪裡還會凍死呢？」這就不是「以意逆志」而是「以辭害志」了，何況詩人這裡是通過「安得」、「何時」的假設語氣來表達他對於窮苦饑寒者的良好願望的，不能著實理解，否則就不免曲解了詩人之「志」。

其二，「以意逆志」的「意」，是作者之意和讀者之意的統一，鑑賞偏向任何一面都是不正確的。

對於「以意逆志」的「意」應該如何理解，歷史上頗有爭議。有的認爲是作品文辭之意，「以意逆志」就是以整個作品的文辭之意去理解詩人之志。如清吳淇《六朝詩選定論緣起》就說：「『以意逆志』是以古人之意求古人之志，乃就詩論詩。」目前有些著作似乎也趨向於這一意見。表面看來，這種意見是比較客觀的，「就詩論詩」，不可能有什麼不對。但是，如果真正是「以古人之意求古人之志」或以詩人之意求詩人之志，恐怕誰也很難做得到。我們知道，詩歌鑑賞是一種具有高度鑑賞創造的精神活動，在鑑賞某一作品時，不可能沒有讀者的體會、感受和聯想在內的讀者之意。古人所謂「作者未必然，而讀者何必不然」正包含有這一意思在內。所以說，以詩人之意求詩人之志的詩歌鑑賞是不可取的，那是亦步亦趨的鑑賞，是刻板的、消極的鑑賞，實際上也是做不到的。

也有人提出了相反的意見，認爲此「意」是指讀者之意，「以意逆志」即是讀者根據自己的想法去理解作品，這是比較傳統的說法。如趙岐《孟子注疏》云：「人情不遠，以己之意逆詩人之志，是爲得其實矣。」朱熹《孟子集注》云：「當以己意迎取作者之志，乃可得之。」近代朱自清的《詩言志辯》也說：「『以意逆志』是以己意己志推作詩之志」等。然而，這種意見又只是強調了主觀的一方面，人們就會認爲是根據自己的「意」可以隨心所欲地去理解作品。結果有人按這種理解去鑑賞評論詩歌，產生了很大的流弊，常憑主觀偏見，自做解釋，穿鑿附會，弄得十分荒唐錯誤。蘇軾有首《卜算子》：

缺月挂疏桐，漏斷人初靜。惟見幽人獨往來，縹緲孤鴻影。
驚起卻回頭，有恨無人省。揀盡寒枝不肯棲，寂寞沙洲冷。

此詞作於作者貶謫黃州之時，詞內生動地描繪了孤鴻的形象，它的傲岸和孤寂，正是作者當時心情和生活的反映。說孤鴻有恨，也就是詩人自己有恨，說孤鴻不肯棲宿，含有詩人不甘寂寞、志向不凡的意思。像這樣借景物描寫來表達詩人的情懷，其寓意是不難看出來的。但張惠言在《詞選》中，對此詞卻做了這樣的學究式的詮釋：

「缺月」，刺明微也；「漏斷」，暗時也；「幽人」，不得志也；「獨往來」，無助也；「驚」、「鴻」，賢人不安也；「回頭」，愛君不忘也；「無人省」，君不察也；「揀盡寒枝不肯棲」，不偷安於高位也；「寂寞沙洲冷」，非所安也。此詞與《考槃》詩極相似。

這不是穿鑿附會又是什麼呢？張惠言說「缺月」是諷刺政治不清明，「漏斷」是暗指時局的黑暗，如此等等，簡直令人覺得有些如小孩猜謎了。還說此詞意境與《詩經．考槃》相似，而《考槃》詩是講賢人樂於隱居山間的，且心胸寬泰，與此詞意境並不相似。這是把讀者的鑑賞主觀性發展到了不能使人同意的程度，同樣也是錯誤的。

詩歌作品有賴於讀者的鑑賞才能發生作用，而詩歌鑑賞又有賴於讀者積極的形象思維，進行高度地鑑賞創造，這就不能不帶有讀者自己的思想和興趣。無疑，「以意逆志」的「意」也就不能不包含有讀者之意。問題是，讀者之意不能是隨心所欲、無所約束的。這個約束是什麼呢？王國維曾經回答說：「意逆在我，志在古人，果何修而能使我之所意，不失古人之志乎？此其術，孟子亦言之曰：『誦其詩，讀其書，不知其人可乎？是以論其世也。』是故由其世以知其人，由其人以逆其志，則古詩雖有不能解者寡矣。」（王國維《觀堂集林·玉溪生詩年譜會箋序》）清人顧鎮也曾說：「正惟有世可論，有人可求，故吾之意有所措，而彼之志有可通。……不論其世，欲知其人，不得也；不知其人，欲逆其志，亦不得也。」（顧鎮《以意逆志說》）他們都承認是「意逆在我」，但「我」卻應受到其人其世的約束，要在「知人論世」的基礎上去「以意逆志」。實際上，「知人」的主要內容就是要理解作者在作品裡所表現的意，這一點我們在上一節已經說過了。那麼，「以意逆志」的「意」就包含了雙重的內容：既有作者之意又有讀者之意，前者是客觀的，後者是主觀的。這樣，主觀與客觀的統一，才能以這個具有雙重意義的「意」去「逆」（迎受、領會）作品中的詩人之志（準確地說，詩人之志表現在作品裡就是意境），求得對作品的準確理解。因爲唯有詩人之意在，才有可能避免將己意加給詩人，而又唯有讀者之意在，我們的鑑賞才有可能是積極的、有意義的，獲得賞心悅目的美的感受。

其三，詩人之語微以婉，不同論言直遂，鑑賞者須展開想像，並善於分析綜合，將詩的形象融成一片完整的意境。

咸丘蒙之所以對《詩經·北山》中的那幾句詩不理解，其根本就在於他不懂得詩歌語言的特點，所以孟子說「是詩也」，就是講這是詩而不是散文，既然是詩，就應該以讀詩的眼光去鑑賞，至於詩歌在表達上的特點，孟子最突出的貢獻是發現了誇張手法的合理存在，並從鑑賞的角度給予了充分的肯定，同時還列舉一個例子來說服他的學生。《詩經．大雅．雲漢》中有兩句詩：「周餘黎民，靡有孑遺」，這裡也運用了誇張，怎樣理解呢？孟子說：「如以辭而已矣，……信斯言也，是周無遺民也。」（《孟子．萬章》）就是說，如果拘泥於字面，那就要相信周代留下的百姓，一場大旱災之後，半個也沒有剩下，真的都死絕了。怎麼可能呢？顯然這就不符合詩人之「志」了。

孟子「以意逆志」說的提出，是建立在他對詩歌誇張手法的認識基礎之上的，所謂「不以文害辭，不以辭害志」，即强調要注意詩歌誇張的特點。這對於詩歌是具有重要指導意義的。比如同樣是《雲漢》這首詩，王充則認爲：講天旱得很厲害，「言無孑遺一人，增之也」（王充《論衡．藝增》），指責詩人說得太過火了，這正是未能理解詩中的誇張。像這樣一些不懂得詩歌誇張手法的鑑賞事例，從古至今都時常出現。

明代著名的文學批評家楊愼，他算是有點文學修養的，卻也曾有過這樣的笑話的。他在《升庵詩話》卷八中說：「杜牧之《江南春》云『十里鶯啼綠映紅』，今本誤作『千里』。若依俗本，千里鶯啼，誰人聽得？千里綠映紅，誰人見得？若作十里，則鶯啼綠紅之景，村郭、樓台、僧寺、酒旗皆在其中矣。」杜牧《江南春》曰：「千里鶯啼綠映紅，水村山郭酒旗風。南朝四百八十寺，多少樓台煙雨中。」這是一首爲人所喜愛的小詩，大筆淋漓，意境恢宏。詩人一落筆就是「千里」，極寫江南的無邊春色，氣勢縱橫，如改作「十里」，則意味索然矣。楊慎覺得千里之遠，既看不見，又聽不到，主張改用「十里」。其實，即便是「十里」，恐怕也未必聽得到看得見呢！何況在「十里」之內，又如何有「四百八十寺」呢？當然，詩中所謂「千里」、「四百八十寺」等，不過都是詩人的想像之詞，只是極言其多，如實理解就不免膠柱鼓瑟，少了一點藝術鑑賞的眼光。

正確理解詩裡的誇張，說起來容易，而接觸到具體作品時則常常被誇張的語言所迷惑，這不能不引起我們的注意。要理解好詩裡的誇張，就不能執著於詞句表面的意思，要「以意逆志」，了解詩人的真正用意，不要把誇張的東西與事實上的東西等同，注意從詩人的情志上去把握。

孟子提醒他的學生要注意詩的特點，這當然不僅限於詩的誇張，其他還有什麼，孟子沒有說。總之，詩是精練的藝術，講究文約意豐，言近旨遠，虛實結合等等。在語言表達上也不同於散文那樣直接明瞭，而往往是言在此而意在彼。正如何文煥在《歷代詩話考索》中說：「夫詩人之詞微以婉，不同論言直遂也。」所以，要真正感受詩的意境，不是靠咬文嚼字地從詩的字面上能夠得來的，但又不能拋開詩的語言文字，像瞎子斷扁似的去猜測詩人的用意。而是既要理解詩歌語言表面上的意思，又要善於將詩中所展示的看似零散的藝術形象，加以分析綜合，並通過想像在自己頭腦中融成一片完整和諧的意境。

具體如何感受，如何進入詩的意境，這是一個比較複雜的過程，但不論怎樣複雜變化，我們得始終抓住詩中的藝術形象去理解，因爲詩人的「意」是寄寓在藝術形象這個「境」之中的。所以，只有抓住對形象的理解才能追尋到作者寄寓在詩中的思想、感情和意趣，才能進入意境。

至於藝術形象的理解，一方面要善於體會形象所造成的藝術氣氛，說明其特徵。這裡是臧克家的《老馬》：

總得叫大車裝個夠，
它橫豎不說一句話，
背上的壓力往肉裡扣，
它把頭沈重的垂下！

這刻不知道下刻的命，
它有淚只往心裡咽，
眼裡飄來一道鞭影，
它抬起頭望望前面。

這首詩，所出現的主要藝術形象是「老馬」。這個「老馬」的形象是非常老實的，老實得「橫豎不説一句話」，即使「這刻不知道下刻的命」，即使主人拿著鞭子來抽打它，它也只是把淚往心裡咽或者「抬起頭望望前面」。這是多麼可愛而又多麼悲慘的「老馬」啊！這就是此詩的形象所造成的藝術氣氛，它的特徵就是老實，甚至可以忍痛負重。

另一方面，理解詩的形象又不能只停留在詩的形象所造成的藝術氣氛上，或者詩的形象所展示的生活圖景上，更重要的是還要體會詩人通過形象反映了什麼樣的情，反映了什麼樣的時代精神。古人説：「作詩先問是非，後問工拙。」（李沂《秋星閣詩話》）鑑賞詩也是一樣，不能不問作品的是非。這樣，當我們理解到了這首詩中「老馬」的形象是用來象徵或展示舊中國農民悲慘生活和痛苦命運的，然後再把這個「意」與「老馬」的藝術形象結合起來體會，詩中那完整、和諧的意境也就自然探索到了。詩人這種帶著强烈的使命感來創造詩的意境，並不是個別詩作、個別詩人所擁有的傾向。新時期的田園山水詩同樣也染上了這一鮮明的時代色彩，詩人往往是帶著一種冷靜的目光去思索。肖漢初這樣寫湖北當陽縣的《覆船山》：

要麼你是雲夢大澤中的沈船？
雲水混茫，卻早已乾涸不見。
要麼你是長江漩流裡的殘舟？

破碎支離，可嘆它隨波漂遠。

哦，你是從歷史長河裡傾覆的喲！
波翻浪湧，盛衰興亡時刻演變。
哦哦，你是在孽海人潮中翻沒的哪！
黃流吼枕，榮辱浮沈經常變幻。

詩人從自然界的「覆船山」想到長江大澤的覆船，再又想到人類歷史的浮沈變幻，它已不是一般的「山水自然景物的抒寫，而是聚合了作者的時代和人生經驗的歷史意識的表現。」（《王光明《讀《覆船山》》，見《中國青年報》一九八六年四月十八日）

第八章　詩歌鑑賞的深入

一、注意寄託　言外求意

有一些詩歌，表面上意思很明瞭，或是寫景詠物，或是寫史懷古，但實際上卻有另外一種深意，或是有感於時事，或是有感於作者自己的身世遭遇等等，這就是我們常說的詩的寄託。美國學者約勒・G・卡什旦曾提到詩的鑑賞時說：「必須區分本文的字面意義和比喻意義。」（麥吉爾《世界名著鑑賞大辭典・詩歌》第三十五頁，中國書籍出版社一九九〇年版）從廣義而言，寄託也屬於一種特殊的比喻。這裡是相傳出於班婕妤的《團扇歌》：

新裂齊紈素，皎潔如霜雪，裁為合歡扇，團團似明月，出入君懷袖，動搖微風發。常恐秋節至，涼風奪炎熱，棄捐篋笥（盛東西的小箱子）中，恩情中道絕。

全詩十句，句句看似都在寫扇。開頭四句是寫扇子新做成，非常精美、漂亮，扇面就像霜雪一樣潔白，扇形好像明月一樣圓。五六句寫團扇因有「動搖微風發」的用處，所以更是受到「出入君懷袖」的恩寵。最後四句用擬人的手法，寫團扇的恩寵將要中斷，因爲炎熱不長，秋天就要到了，一旦「涼風奪炎熱」，團扇就會被「棄捐篋笥中」。從齊紈被裂，團扇新成，到恩情中斷，哀怨始生。作者這裡所描寫的，是否就只在感嘆團扇終將被遺棄的命運呢？不是的。作者實際是在詠扇中寄託著自己的苦悶與幽怨。

班婕妤在漢成帝時被選入後宮，開始大受成帝的寵幸。但後來趙飛燕姐妹日益得寵並乘機進讒，終使班婕妤逐漸遭到成帝的冷遇。這時，班婕妤自知恩絕，恐久見危，便請求皇帝讓她到長信宮去侍奉太后，並寫下了這首膾炙人口的詩篇。詩中團扇的命運，正是她自己色衰愛弛的悲劇命運的寫照，詩裡行間無不寄託著作者的深深怨情。鍾嶸《詩品》評論此詩說：「《團扇》短章，辭旨清捷，怨深文綺，得匹婦之致。」這也是頗得詩人之致的。看來，詩有寄託，對於我們鑑賞來說是不得不注意的。

詩人詠詩填詞，總有他的用意，不過這用意有明暗曲折之分。有些詩，讚美祖國河山的壯麗美好，或者描繪生活中富有詩美的圖畫。請看公劉的《上海夜歌》：

上海關。鐘樓。時針和分針

像一把巨剪，
一圈，又一圈
鉸碎了白天。

夜色從二十四層高樓上掛下來，
如同一幅垂簾；
上海立刻打開她的百寶箱，
到處珠光閃閃。

燈的峽谷，燈的河流，燈的山，
六百萬人民寫下了壯麗的詩篇：
縱橫的街道是詩行，
燈是標點。

這裡詩人以詩的眼光觀察生活，通過豐富、優美的想像把人們一些習以爲常的東西寫得異常美好，明顯地表現出詩人對社會主義新生活的熱情讚美。還有些詩則是作者直抒胸臆，用意更爲清楚，如杜甫的《夢晏行》、陳輝的《爲祖國而歌》、普希金的《假如生活欺騙了你》等。對於這些詩，我們是無需再去求深意的。但有時候，特別是我國古代，詩人們爲了避免因文字而受禍，則是常常運用寄託的手法來隱瞞自己的思想用意。當然，更多的時候，是爲了使詩顯得更爲婉轉曲折，耐人咀嚼，便藉人們所熟悉的事物來表達自己的某種思想，從而能收到更大的藝術效果。因此，就出現了很多通過托事或托物來寓意的詩歌。比如前面所引的《團扇歌》，如果作者直接把自己失寵的怨思寫出來，也未嘗不可，但通過團扇歌詠來寄託她的心情，就更顯得有藝術的概括力，能引起更多讀者的共鳴。實際上，它也是封建社會裡被人玩弄的所有貴族婦人，必然面臨的色衰愛弛的命運的寫照！

不論是詩、詞、曲，其寄託源出於傳統的比興。比是打比方，興是起興，即先寫某一事物，然後引出與之相關的另一事物的描寫。比興之法，古人說得很玄奇，實質上都是打比方的方法，是要求通過藝術形象來打動讀者。不過是「比」直接一些，「興」曲折一些罷了，正因爲比興都有比方的同一內容，所以二者又常常結合在一起。我們看《詩經．桃夭》：

桃之夭夭，灼灼其華。
之子于歸，宜其室家。

詩人從生機勃勃的桃花觸景生情，想到這位新娘的美滿婚姻，並引出了詩人的良好祝願：「之子于歸，宜其室家。」從這個意義上講，「桃之夭夭，灼灼其華」是起興之詞，但在實際上，這兩句又包含有比方的意思，即用艷麗的桃花來暗比這位新娘的年輕貌美。我們這裡所說的寄託，與這裡的起興很相似，都是通過藝術形象來暗比的。不同的是，「興」中所比的內容一般都可以通過後面的話體會出來，並不難以理解，而寄託很多則是全不道破一句，都是採取暗比的手法。因而，比較而言詩中寄託就難以把握一些。

所以說，詩歌的寄託是比較普遍的現象。詩歌寄託的特點，我們可以用一個譬喻來說明，如同那舊小說上說的，神仙要下凡，總得借個凡人的身軀，看似凡人，實際上卻是一位不同凡響的仙者。具體點講，詩的寄託就整體而言，廣義上就是一種不出現「本體」的暗喻，言在此而意歸於彼。但對於我們一般讀者來說，困難不在於明白什麼是詩的寄託，而是具體接觸某作品時是否能夠發現其中的寄託，也就是辨別是否有寄託以及寄託的是什麼的問題。比如說，柳宗元有首著名的小詩《江雪》：

千山鳥飛絕，萬徑人蹤滅。
孤舟蓑笠翁，獨釣寒江雪。

這首詩是否有寄託呢？如果說有那又是什麼呢？這些是使我們很多讀者大傷腦筋的事。常常被一些說詩者弄得昏頭轉向。

儘管如此，對於那些有寄託的詩歌，我們又是不能迴避的，而且一定要力求把作者的寄託發掘出來，從言外去領會作者的眞正用意。否則，我們的鑑賞就是很膚淺的。像《江雪》這首詩，我們假如不理解詩人的寄託，不知道詩人原來是借這幅寒江獨釣圖來表達他在政治上遭受打擊後不屈而又深感孤寂的情緒，只是得到詩中表面的物象，這還有什麼鑑賞意味呢？那麼，怎樣去辨別那些有寄託的詩呢？下面我們就這一點重點談談。

首先，凡是以古人古事爲題材的詠史詩、懷古詩都是有寄託的。從寫作角度來看，不論是詠史還是懷古，其意圖都是借古喻今，或以史鑑今。所以，詩人們詠史懷古，一般都不只是停留在歷史事實本身，而是從歷史事實生發開去，以抒寫他們對現實人生的看法，有更深一層的寄託。

請讀綠原的《凱撒小傳》：

凱撒想用金字塔的影子測示自己的威嚴，
當他望見沈睡的斯芬克斯和一隻飛過的新燕——
「哦你，只有你的永存才配和我相比較。」

我不信一隻燕子會銜來一個春天。」

斯芬克斯在夢中微笑著，燕子飛著又唱著……

凱撒的獨白被尼羅河的咆哮捲走了。

這是一首詠史詩。西元前四十八年，羅馬執政官凱撒揮師埃及，殺死了政敵龐貝，立了女王克莉阿佩屈拉，然後凱旋羅馬，自命為世界主宰，忘乎所以，接著在榮譽的頂峯死於布魯圖斯等人的暗殺。詩人從這一歷史事實中展開想像，說明歷代剛愎自用的「凱撒」們都被「尼羅河的咆哮捲走了」，推動歷史車輪滾滾向前的真正動力並不是某一個「聖人」。這正是借古鑑今，並不是一般地懷古詠史。

可以說，只要是詠史懷古的，沒有作者寄託的作品幾乎沒有，作者總是有感而發，有寄而歌。不過是有的寄託比較淺，如上面舉的這個例子；有的寄託比較深，我們來看看辛棄疾的《永遇樂·京口北固亭懷古》：

千古江山，英雄無覓，孫仲謀處。舞榭歌台，風流總被雨打風吹去。斜陽草樹、尋常巷陌，人道寄奴曾住。想當年，金戈鐵馬，氣吞萬里如虎。　元嘉草草，封狼居胥，贏得倉皇北顧。四十三年，望中猶記，烽火揚州路。可堪回首，佛狸祠下，一片神鴉社鼓。憑誰問：「廉頗老矣，尚能飯否？」

這首詞是辛棄疾晚年所作，表現了他力舉北伐，收復祖國失地的强烈愛國主義情感，但這一思想，基本上是通過懷念古人古事表現出來。詞的上片，作者讚揚了三國孫權和南朝宋武帝劉裕的英雄業績，並以此來批判南宋投降政策；詞的下片，作者又以劉裕之子宋文帝劉義隆草率北伐，導致「倉皇北顧」的歷史教訓來表現作者既堅決主張北伐，又反對輕舉妄動的思想認識。最後又以廉頗自喻，透露作者壯志難酬的憤懣之情和老當益壯的抗戰鬥志，整首詞寄情於典，顯得很深刻、隱蔽。

其次，詠物詩大都是有寄託的。袁枚在《隨園詩話》卷二云：「詠物詩無寄託，便是兒童猜謎。」意思就是說：詠物詩應該有寄託，没有寄託就會使讀者像兒童猜謎一樣亂猜一氣。這話説得太死，但能給我們啓示。所以，好的詠物詩，總是一方面抓住所詠之物的特點仔細描摹，另一方面還要在曲盡物象的基礎上來寄託人的情思，這樣的詠物就有意義，意境也就深遠。前面所舉班婕妤的《團扇歌》就是這樣，並未停留在物上。

不過，詠物詩也並不是都有寄託的，有的只是寫物的美感或物在詩人心中所引起的喜悦之情，没有什麼其他的寓意，比如庾信的《杏花》：

春色方盈野，枝枝綻翠英。依稀映村塢，爛熳開山城。好折待賓客，金盤襯紅瓊。

此詩著重是寫詩人對杏花的由衷讚嘆：翠綠的杏葉托著艷麗的杏花，密密層層，依稀可辨，掩映著村落和山城，像仙境般優美。尤其是杏子成熟的時候，鮮紅晶瑩，與金盤似的杏葉配襯起來更是妙不可言，把它折下來招待朋友，那紅的杏子不正象徵著我們的友誼嗎？全詩清新自然，喜悅之情溢於言表。像這樣的詠物詩，就不能再深求寄託，不然的話就真如「兒童猜謎」了。

一般地說，如果作者用擬人的手法來詠物（注意從整體上去把握），常常是有寄託的。因爲詠物擬人，勢必就會把人的精神寫進去，借物抒懷，寓有深意。像《團扇歌》也運用了擬人的手法。像范雲的《詠寒松》、蘇軾的《水龍吟．楊花詞》、陸游的《卜算子．詠梅》，現代新詩如郭沫若的《爐中煤》、艾青的《礁石》等，這些例子我們就不詳細地闡述了。

再次，在所有有寄託的詩歌裡，還有很大一部分是通過寫景來寄託的，這種情況最易引起誤會。有些寫景詩，雖然就只是讚美風光的美，但有時候好像又可以理解出更深的意思來，認爲是有寄託的。請看美國詩人卡．威廉斯的《詩的畫圖》：

白楊林中有隻鳥兒——
那就是太陽！

樹葉是金色的小魚
在河水中游蕩；
鳥兒從枝頭掠過——
白天就在它的翅膀上。
永生的鳥啊！
是它給白楊樹林
造成一片光明。
就是它的歌唱
壓倒了
風中樹葉的喧響。

陽光下的白楊林，一片生機，太陽如永生的鳥兒掠過枝頭，樹葉是游在水裡的金色小魚，連陽光也成了鳥兒的歌唱，似乎在與樹葉比賽嗓音……詩人以樸素、自然的畫筆給我們描繪了一幅歡快明朗而又充滿生機的「詩的圖畫」，表現出詩人對大自然的熱愛。我們說，它是沒有別的寄託的，但也有人將此詩贈給自己心愛的人，用「永生的鳥兒」來象徵姑娘的青春常在，這是不是詩人的寄託呢？不是！一般讀者在這裡的確也容易出問題，主要是混淆了作品本來的意思和鑑賞者的鑑賞創造這兩回事。也就是說，寄託是指作品本身所包含的意思，鑑賞創造則是從作品中的藝術形象所引起的觸發和聯想，其中也可能是作品本身所包含有的，也可能是沒有的。我們談寄託是要求正確理解詩人的原作，不能憑著主觀的想像去解釋詩人的用意。同時，也只有把詩中的寄託真正搞清楚了，也才能更好地去鑑賞創造，從而達到鑑賞的目的。

我們如何從寫景詩中看出詩人是否有寄託呢？實際上，有寄託的寫景詩，詩人一般都要在作品中透露出消息來，透露的方式大概有這樣幾種：

一是在寫景中插進一兩句有寄託的話，暗示寫景是另有深意的。例如朱丹的《夏夜》：

南方的盛夏之夜
穹空悒鬱而低沈
烏雲埋伏在靜止的樹蔭中
繁亂的星空
閃著布滿紅絲的眼睛
風，像一股潰散的兵士
已沿著牆根和屋檐撤走
大地遂被煩躁的悶熱所佔領

遠處還斷續傳來喑啞的雷聲
人們屏息著，以焦枯的心情
窺望陰霾從四方麇集
突然，天崩似地一聲爆炸
幾道閃電撕碎了猙獰的夜空
樹稍兒動了
雨點像彈火一樣降落在地面
聽，進攻開始了
黎明也快要從暴風雨中誕生

這裡大部分筆墨都是在鋪寫南方的悒鬱窒悶，被閃電撕裂的夜空的景象，只是最後三行一語雙關，用「雨」比「彈火」，比作「進攻開始」等，暗示出詩人寫景是有寄託的，象徵性地表明人民經過漫長的黑夜之後終於打響了解放自己的戰鬥，人民當家作主的「新黎明」就要到來了。

二是從標題中透露出作品內容是有寄託的。如朱熹的《觀書有感》：

半畝方塘一鑒開，天光雲影共徘徊。

問渠那得清如許，為有源頭活水來。

從作品內容看，作者不過是寫一個小小池塘明淨如鏡，天色雲影一齊反映在水裡，往來晃動，這是因爲常有活水流來的緣故。實際上，從標題看卻是寫善於讀書，勤於治學的一種境界。

三是如果作者寫景用典，從所用的典故中常常會透露出寄託來。請讀鄧剡的《唐多令》：

雨過水明霞，潮回岸帶沙。葉聲寒飛透窗紗。堪恨西風吹世換，更吹我，落天涯。

寂寞古豪華，烏衣日又斜。說興亡燕入誰家？惟有南來無數雁，和明月，宿蘆花。

詞的上片，末尾幾句已透露出有寄託，不過比較朦朧。詞的下片，在寫景中暗用劉禹錫的《烏衣巷》詩意，寄託就很明顯了。《烏衣巷》詩云：「朱雀橋邊野草花，烏衣巷口夕陽斜。舊時王謝堂前燕，飛入尋常百姓家。」「烏衣巷」是古金陵的一條街，「朱雀橋」，橋名，離烏衣巷不遠。「王謝」，即王導和謝安，是東晉的兩大豪門貴族，當時都住在烏衣巷。我們看到，今日的朱雀橋邊，烏衣巷口，已是野花繁茂，夕陽殘照，往日的燕子也找不到它們的舊巢了，只好「飛入尋常百姓家」，從而表現出作者物是人非，國家興亡的感嘆。鄧剡這裡說「寂寞古豪華，烏衣日又斜，說興亡燕入誰家？」寄託與《烏衣巷》相似。

總之，有寄託的寫景詩，總會從某個方面給我們以啓示，引導我們做更深一層的理解，還有些寫景詩。雖然沒有明確透露什麼寄託，但我們是可以從一些關鍵字詞以及詩人感慨裡看出來的。有沒有對寄託無任何透露的寫景詩呢？很少有，但不能排除，比如前面所引柳宗元的《江雪》，就很難看出什麼寄託來。碰到這種情況，需要認真地分析一下，作者寫景突出的是什麼，如果景物集中所體現的是某種人格化的精神，而且又沒有透露出作者的讚美與喜悅，那肯定是另有寄託的，《江雪》就是典型的例子。

關於詩中是否有寄託的問題，上面已經說了不少，但根本的還要知道詩中寄託的是什麼。要回答這個問題，就需要我們做具體分析。

最後要指出的是，我們這裡强調注意寄託，言外求意，並不是對所有的詩歌都一味去追求寄託。比如對那些沒有寄託的寫景詠物詩或是直抒胸臆的作品，如果硬要去發掘微言大義，就不免發生種種穿鑿附會的說法，引起對詩歌評論和理解的混亂，過去常州諸老們說詞常不免要犯這種毛病，那是不可取的。

二、循曲通幽　發微索隱

大凡古今優秀的詩人，都很重視婉轉曲達，使鑑賞者似乎感到千岩萬轉，山重水覆，曲徑通幽，從而產生一種隱而不露、含蓄蘊藉的藝術魅力。在司空圖的《詩品》裡，有「含蓄」一則，又有「委曲」一則，這裡的「委曲」也就是上面說的婉轉曲達的意思。但實際上，「委曲」中也包含有「含蓄」的內容。楊振綱《詩品解》闡發「委曲」說：

> 此即所云文章之妙全在轉者。轉則不板，轉則不窮，如遊名山，到山窮水盡處，忽又峯回路轉，另有一種洞天，使人應接不暇，則耳目大快。然曲有二種，有以折轉為曲者，有以不肯直下為曲者，如抽繭絲，愈抽愈有，如剝蕉心，愈剝愈出；又如蠅伎飛空，看似隨手牽來，卻又被風颺去，皆曲也。此行文之曲耳。至於心思之曲，則如「遙知楊柳是門處，似隔芙蓉無路通」，又曰：「只言花似雪，不悟有香來」。或始信而忽疑，或始疑而忽信，總以不肯直遂，所以為佳耳。

上面這段話的重要之處在於區分出了詩歌表現「委曲」的幾種形式：行文之曲和心思之曲，其行文之曲又分爲轉折爲曲和不肯直下爲曲兩種。這樣區分雖然有不盡確切之處，但它對於我們鑑賞詩歌，尤其是如何去循曲通幽、發微索隱卻指出了比較明確的路徑。

不論是行文之曲，還是心思之曲，都道出了一個「曲」字，這的確是詩家詞人抒情的一個顯著特點。清代王應奎《柳南隨筆》卷六說：「詩意大抵出側面，鄭仲賢《送別》云：『亭亭畫舸繫春潭，只待行人酒半酣。不管煙波與風雨，載將離恨過江南!』人自別離，卻怨『畫舸』。義山（李商隱）憶往事而怨錦瑟，亦然。文出正面，詩出側面，其道果然。」側面者，婉轉曲達也。因而，我們鑑賞詩歌，就得循曲入幽，發微索隱；不然，淺嘗輒止，半途而廢，是不可能深識鑒奧、探驪得珠的。

當然，詩歌鑑賞的這條曲折通幽的路徑，也並不是那麼神祕莫測，詩人曲筆達意的方式儘管有種種變化，但總不外乎行文之曲和心思之曲兩種，而且都得通過語言形式表現出來。劉勰《文心雕龍·知音》說：「夫綴文者情動而辭發，觀文者披文以入情，沿波討源，雖幽必顯。」所謂「披文以入情，沿波討源」，也就是說，可以通過語言文字去鑑賞創造，體會作者深曲的用意，正如沿著涓涓細流向上追溯源頭一樣，雖然幽深，也一定可以探個明白。我們下面就從行文之曲和心思之曲這兩個方面來說說。

先講行文之曲。楊振綱把行文之曲分爲折轉爲曲和不肯直下爲曲兩種。實際上可以併爲轉折爲曲一種，因爲不肯直下爲曲，也就必然表現爲轉折。我們還是來看一個例子，胡昭的《心歌》：

我沒有淚水哭你，
喉嚨裡沒有聲音，
嘴邊上沒有話語……

懦怯的眼淚你從來蔑視，
我也早已耗光了那種液體。
淚水泡軟的骨頭，
惡鬼們嚼起來省牙，
咽下去沒有聲息。
嚼著，咽著，它還會罵著：
「呸！沒筋沒骨的東西！」

在重壓下，一切都迅速濃縮：
話語——變成沈思，
聲音——變成緘默，
而淚水——變成了火。
沒有煙縷，沒有光焰的火……
在心裡悶悶地燒著，
火會煉出什麼？
火——把生鐵煉成鋼，

火——把純鋼鑄成劍。
劍，仙人掌般鬚髮怒張，
一叢叢寒光閃爍！

終於等來了這個日子，
滿天滿地是燦爛的鮮花的雨滴。
淚，如瀑布般傾瀉，
還有唱不盡的歌，說不盡的話語……
清冽的淚，來給劍淬火呀，
讓千萬口劍更明亮銳利！
光明的雨，歡樂的雨在劍鋒上淋漓，
看惡鬼們往哪裡藏匿！

我這才能痛快地哭你，喊你，
把心底的話兒說給你；
可這一切噴湧而來，

聲音哽在喉嚨裡理不成歌詞，
話兒擠在嘴邊連不成語句……
我只能把一捧散碎的淚花捧獻給你！

這是首悼念在十年浩劫中遭迫害致死的戰友的悲歌。在行文上，此詩可謂是一唱三嘆，極轉折翻騰之至。全詩巧妙地以「淚」爲線索，以悼念亡友爲中心，寫得真切感人，餘味曲包。詩一開始，「我沒有淚水哭你」，起得十分突兀，本是悼念亡友，爲何沒有「淚」呢？只因「懦怯的眼淚你從來蔑視，／我也早已耗光了那種液體。」這兩句承上就勢一跌，把詩人的悲痛引向深處。接下來，詩人又把筆轉向「惡鬼們」，出人意料地寫出「我」即使有淚也不會用淚水來哭你，不然反倒被他們看成是一塊軟骨頭！跌中有曲，更加烘托出這個沒有被「淚水泡軟」「骨頭」的具有鮮明個性的詩人自身的形象。此正是楊氏所謂不肯直下而爲曲者。

第二節，「在重壓下，一切都迅速濃縮」，「而淚水——變成了火。」淚水鬱積在心中變成了憤怒的火焰，「火」會「把生鐵煉成鋼，」「把純鋼鑄成劍」！詩意從上面沈鬱的一面在這裡又翻轉過來，變得意氣昂奮，大有千鈞一髮之勢，誓與「惡鬼們」拼一死活。

「終於等來了這個日子」第三節由抑轉揚，詩人的淚與千百萬人民的淚化成「滿天滿地」「燦爛的鮮花的雨滴」這是喜慶的淚，是給劍淬火的「清冽的淚」！詩人的感情在這裡達到了高潮，寫得極其激昂高亢。

最後一節照應開頭，「我這才能痛快地哭你，喊你」「我只能把一捧散碎的淚花捧獻給你」從「沒有淚水哭你」到「這才能痛快地哭你」就全詩來說，這是一個大的波折。而中間又經過幾轉幾折，抑揚起伏。前後皆淚淚不同，圍繞一個「淚」做出了這許多文章，的確是具有婉轉曲達之妙的！

行文之曲來自於心思之曲，但它卻側重表現在章法的轉折變化上。古人寫近體詩有所謂「起承轉合」的規矩，這不過也是要求行文要有變化，有轉折。至於長篇抒情詩和敘事詩時，同樣也講究行文之曲。黃山谷說：「長篇須曲折三致意，乃可成章。」（魏慶之《詩人玉屑》卷五引）所以，我們鑑賞詩歌要力求理解詩人的行文之曲，特別是有很多詩，行文的轉折變化在表情達意上起著很重要的作用，如果不注意，就會忽略詩人的深意。閱讀長篇詩歌自不待說，即使讀一些短的抒情詩也是如此。試讀王維的七絕《九月九日憶山東兄弟》：

獨在異鄉為異客，每逢佳節倍思親。
遙知兄弟登高處，遍插茱萸少一人。

這首詩寫詩人在他鄉作客時思念其父母兄弟的深厚感情。在章法上，中間就有一個大轉折，鑑賞的時候就要注意上下轉折間的聯繫，循曲通幽。詩的一二句，也起得很突兀，一下子就把詩人在異鄉做客的思親之情推向高潮。這裡用了一個「獨」字兩個「異」字，而且又是在「佳節」的背景下，把詩人思親的情感寫得很充足。

就絕句的一般格式來說，第一句是平直敍起，第二句應從容承之，三、四句再進入高潮。這裡卻把高潮部分放到了一、二句，後面再怎樣接下去呢？詩人卻正是在這裡顯示出驚人的本領，毫不費力地用「遙知」一轉，從詩人自己轉到了故鄉的父母兄弟。詩人好像看到，在這重陽佳節，家裡的親人們正一同去登高，當他們佩插茱萸時（據說在重陽節插茱萸可避災），才明顯地感到少了一個人，他們一定在更加倍地思念我吧！表面看來，這似乎走了題，本是要寫自己對山東父母兄弟的思念，但反過來卻說家鄉親人們在節日中懷念自己。其實，在這轉折之中，正是詩人「倍思親」感情的深化；也正因其行文之曲才使我們感到詩境之幽，具有嚼之不盡的意味。

由於行文之曲，詩句之間往往跳躍很大，因而必須注意按其曲徑去探微索隱，步步跟蹤，越深入就會越覺得有東西可發掘，這是很要緊的。如果不按其曲，方向偏了或反了，或者一步未跟上，就會斷了探索的路徑，得不到詩人的真意。

如果說行文之曲側重表現在章法的轉折變化上，那麼，心思之曲側重就表現在用意的深曲隱蔽上。

詩人的心思之曲，在詩中的表現也是比較複雜的。有的是借景以達意，有的是借物以達意，有的是直中含有曲意，還有的則是全用比體，採取寄託的方式來達意等。以上不論是哪種方式，都表現爲言外有意，弦外有音。因此，要把握住詩人的心思之曲，就得透過字面而深求其意，不能僅從字面就做解釋。特別是要充分理解詩人曲筆達意的方式和特點，不然的話，就會失之於淺，謬之於偏。

對於借景或借物達意的詩，鑑賞者對景物本身要有深刻的了解。因爲詩人既然是借景或借物來達意的，倘若我們不了解景物本身的特點，就不可能體會出詩人的用意。艾青有首題爲《魚化石》的詩，前三節說：

動作多麼活潑，
精力多麼旺盛，
在浪花裡跳躍，
在大海裡浮沈；

不幸遇到火山爆發，
也可能是地震，
你失去了自由，

被埋進了灰塵；

過了多少億年，
地質勘察隊員，
在岩層裡發現你，
依然栩栩如生。

這前三節詩是寫魚化石形成的過程，這就涉及到關於化石的一些知識性的問題，倘若我們對化石没有一點理性的和感性的認識，就很難進行深入的鑑賞了，也不容易體會到這幾節的內容與社會的變故有什麼內在的聯繫。

其次，寫詩用典，這是常有的事，但關於詩中的典故，有的是直用其事，這只要搞清了典故的本義，它在詩裡的意思也就清楚了。不過，還有一部分典故的運用常常是有變化的，具體情況就該具體分析。其變化有：一是暗有典故而入化境。如秋瑾女士的《對酒》：

不惜千金買寶刀，貂裘換酒也堪豪。
一腔熱血勤珍重，灑去猶能化碧濤。

這裡「貂裘」一句就暗用了漢代司馬相如和晉代阮孚用貂裘換酒的故事，同時李白也有「五花馬，千金裘，呼兒將出換美酒」（《將進酒》）的詩句。秋瑾這裡用典而不露痕迹，臻於化境。實際上，秋瑾平生豪俠，「習騎馬，善飲酒」，這裡既是用典，也可能是寫實。在這種情況下，我們就不能偈限於典，要結合詩人自己的情形去體會才深刻。

二是只借用典故原義中的某一部分，這樣鑑賞時如果硬按原義理解，就會弄錯詩意。仍以上面的《對酒》爲例，最後兩句還化用了《莊子·外物》中的典。《外物》中說：「萇弘死於蜀，藏起血，三年而化爲碧。」萇弘是周朝大夫，忠於祖國，但遭到奸臣毀謗，在蜀自殺。當時的人很受感動，把他的血用石匣藏起來，三年後化爲碧玉。而秋瑾這裡僅用了萇弘大夫爲國盡忠的精神，以表達自己殺身成仁的革命英雄主義氣概。詩中的「碧濤」，是指熱血灑去化成碧綠的波濤，比喻掀起更大的革命風浪，與典故的本義已有不同。

三是「反其意而用之」的。如辛棄疾《破陣子·爲范南伯壽》的上片：

> 擲地劉郎玉斗，掛帆西子扁舟。千古風流今在此，萬里功名莫放休！君王三百州。

「擲地」句出自《史記·項羽本紀》，范增把劉邦送給他的玉杯扔在地上，用劍擊碎，表示對項羽不殺劉邦的不滿，後來憤而離去。「掛帆」句用春秋時越國謀臣范蠡在滅吳後明哲保身，功成身退的故事。辛棄疾的這首詞，是寫給妻兄范南伯的。范南伯很有才幹，當時卻只被召任盧溪縣令，很不滿意，故遲遲不去上任，辛棄疾便作此詞鼓動他，反用了上面兩個典故，勸說他不要像范增和范蠡那樣消極退卻，要積極奮發，做出一番事業來。像這種情況，鑑賞時就要通盤考慮，深入研討，從全篇的主意去把握。

還有一些詩，可以說是直寫景物，直抒胸臆的，形式上並沒有什麼曲筆，但骨子裡卻婉轉深曲。所以，對這類詩我們就應該注意直中覓曲。這裡是王維的《送元二使安西》：

渭城朝雨浥清塵，客舍青青柳色新。

勸君更進一杯酒，西去陽關無故人。

前兩句寫景，後兩句抒情，字面上沒有什麼不理解的地方，但卻要深切體味詩人心靈深處的感情波動。詩人寫景，選擇了雨和柳，這裡的雨和柳是夠有意思的。雨似乎是特意爲即將遠行的朋友而灑，剛剛濕潤塵土就停了。「浥」即濕潤的意思，顯得恰到好處。而「青青柳色」更是溫柔多情，透露出不忍別離的纏綿情意。這樣的環境，令人留戀，令人陶醉。然而，朋友卻要遠行，自然就會挑起詩人的愁思。這正是王夫之所說的「以樂景寫哀。」

後兩句抒情，更是在直率中表現出詩人曲折的心思。詩人不說宴席上怎樣殷勤話別，更不說朋友啓程之後又是怎樣矚目相望等等，而是捕捉住宴席即將結束的那一刹那，集中寫主人的勸酒辭。「更盡」，說明朋友已喝乾無數杯告別酒了，但送行的人還不滿足，還要勸，似乎萬千離情別緒，都滿滿地傾注在這杯酒中。一個「勸」字更表現出詩人此刻的無限殷勤和留戀，以及此後之關切。但送行者爲何要如此殷勤地勸酒呢？一是朋友使命在身，分手在即，只好通過勸酒，使朋友再待一會兒；二是朋友要去的地方很遠，很艱苦。所以，當行人推辭不能再喝的時候，送行者便說出了如此盛情强烈的話語。語雖直率，但內容是相當含蓄凝煉的。

在古今中外的詩歌裡，直寫其景其情的很多，它往往是作者的感情達到極點之後自然噴發出來的，因而能給人以筆飽墨酣之感，只要我們深入下去，同樣會覺得委曲有味。

關於曲筆達意的方式和特點，還有一種情況我們也不能忽視，那就是詩人常常用一些看似無理的句子來表現自己的心曲，這就需要我們充分調動自己的形象思維，以讀詩的眼光去鑑賞，不能用考據學、邏輯學和歷史學的觀點讀詩論詩。杜牧《赤壁》詩云：

折戟沈沙鐵未消，自將磨洗認前朝。
東風不與周郎便，銅雀春深鎖二喬。

許顗《彥周詩話》評論說，此詩「意謂赤壁不能縱火，爲曹公奪二喬置之銅雀台上也。孫氏霸業，繫此一戰，社稷存亡，生靈塗炭都不問，只恐捉了二喬，可見措大（指士人）不識好惡。」

這正是用歷史學家的眼光來讀詩的，未免顯得迂腐，頭巾氣太重。杜牧這首詩的好處，即在於通過個別來反映一般，並運用一種諧謔語調，讀來輕鬆活潑。詩是詠赤壁的，赤壁之戰的主將是周瑜，二喬是兩位美女，孫策娶大喬，周瑜取小喬。聯繫周瑜來說，倘二喬都被擄去，正說明周瑜的國破家亡，怎麼能說是詩人「社稷存亡、生靈塗炭都不問」呢？

再請看英國詩人休·麥克迪兒米德的《松林之月》：

把你們的影子
投在高高的山崗，
一切聳立的松樹，
在一切有月光的地方。

我敢於遮住東方的太陽，
讓它永遠不能發光，
如果我的愛人
要露出她潔白的胸膛。

呵，我心裡還藏著陰影，

但只要愛情一露面，
我就把影子和其他一切，
都趕進那黑夜無邊！……

此詩一開始，詩人就以命令口吻，要「一切聳立的松樹」把影子投在山崗上，將「一切有月光的地方」遮掩起來，如果從考據學的角度說，這簡直有些荒唐可笑。而第二節裡的「我敢於遮住東方的太陽」一句就更是胡說了，難道一個人能擋得住太陽的光芒嗎？然而，詩人正是以這大膽新奇的想像和直率真摯的語言充分地歌頌了愛情的巨大力量。「月上柳梢頭，人約黃昏後」，古今中外，多少騷人墨客總愛把「黃昏後」那幽靜的環境和愛情連在一起；花前月下，樹影婆娑，正是談情說愛的好地方！在這首詩裡，詩人爲了不叫別人看到他愛人潔白的胸膛，爲了有一個更幽靜的環境，竟然要一切松樹去遮掩月光，甚至自己還敢於去遮擋太陽，這該是多麼熱情真誠的愛情啊！像這樣的看似反常而又合乎情理的詩句，我們鑑賞時就得聯繫上下文仔細分析，注意心領神會，把握詩中的內在情調，不要刻舟求劍。

總的說來，行文之曲與心思之曲，是詩人曲筆達意的兩個方面，二者最終都會顯示出詩的含蓄美的特徵。詩的含蓄美，表現在作品裡也就是一種婉轉曲達的語言形式。詩歌鑑賞，要發微索隱，就要以字面爲入門，披文入情，沿波討源，按照其曲徑通向詩歌意境的幽深之處。

第九章　詩歌鑑賞的昇華

一、比較鑑別　品第高下

俗話說：「不怕不識貨，只怕貨比貨。」這就是說，買東西不識貨不要緊，只要把幾種同類型的貨物放在一起比較一下，自然就可以看出貨物的優次高下。這種比較的方法，如果把它運用到詩歌鑑賞中，同樣也是十分奏效的。

在詩的海洋裡，同類型的詩作很多，或同一主題，或同一標題，或同時歌詠一事一物等等，而且詩歌一般都篇幅短小，這些客觀因素便給比較鑑賞帶來了極大的方便。不過，對於一般讀者來說，找幾首同類型的詩來比較一下是容易做到的，但困難往往是斤兩不準，高下難分，原因就是自己心中沒有一個正確的衡量標準，不知怎樣來比較鑑賞，所以一接觸到具體作品就感到束手無策。怎麼辦呢？魯迅有一段話對於我們是有啓發的：

……凡是已有定評的大作家，他的作品，全部就說明著「應該怎樣寫」。只是讀者很不容易看出，也就不能領悟。因為在學習者一方面，是必須知道了「不應該那麼寫」，這才會明白原來「應該這麼寫」的。

「應該這麼寫，必然從大作家們完成了的作品去領會。那麼，不應該那麼寫這一面，恐怕最好是從那同一作品的未定稿本去學習了。在這裡，簡直好像藝術家在對我們用實物教授。恰如他指著每一行，直接對我們這樣說——『你看——哪，這是應該刪去的。這裡縮短，這要改作，因為不自然了。在這裡，還得加些渲染，使形象更加顯豁些。』」

這確是極有益處的學習法，而我們中國卻偏偏缺少這樣的教材。

——《魯迅全集》第六卷第二四六～二四七頁，人民文學出版社一九八一年版。

這段話雖是針對初學寫作的人來說的，但對於我們應如何比較鑑賞也用得上。初學寫作，心中往往也沒有一個準，不知應該怎樣寫才好，魯迅指出可以從兩個方面去學習，即大作家作品的定稿和未定稿。定稿說明著應該怎樣寫；未定稿說明著不應該怎樣寫。實際上，這也是一種側重比較鑒別的學習方法，是將大作家作品的定稿和未定稿進行比較，比較的標準即是大作家的定稿。這樣比較，對於初學者來說，不僅解決了「不知應該怎樣才好」的困難，而且還懂得了如果那樣寫就不好的一面。同樣，這也啓示了我們應該如何去比較鑑賞。

就我們鑑賞詩歌來說，如果能夠找到詩人的未定稿，把它與定稿對照起來讀，當然是再好不過了，這樣不僅能夠提高我們的鑑賞力，而且還能夠提高我們的創作力（實際上創作力和鑑賞力是相輔相成的）。只是詩人的未定稿很難找到，但在古代詩話詞話中，卻保存了一些詩人煉字煉句的資料，這些資料是大可值得我們拿來進行比較鑑賞的。例如：

齊己《早梅》詩：「前村深雪裡，昨夜數枝開。」鄭谷曰：「數枝，非早也，未若『一枝』。」

——宋長白《柳亭詩話》卷三

王荊公絕句云：「京口瓜州一水間，鍾山只隔數重山。春風又綠江南岸，明月何時照我還？」吳中士人家藏其草，初云「又到江南岸」，圈去「到」字，注曰：「不好」，改為「過」；復圈去而改為「入」，旋改為「滿」；凡如是十許字，始定為「綠」。

——洪邁《容齋續筆》卷八

在第一例裡，鄭谷認爲「數枝」不如「一枝」好，道理是詩題既然是《早梅》，就不能說是「數枝開」，如改爲「一枝開」，就扣住了「早」字。這樣一比較，它們的優次就很明顯了。

第二例，「春風又綠江南岸」的「綠」字，據說在詩人的草稿裡曾先後用過「到」、「過」、「入」、「滿」等字，爲什麼詩人最後決定還是用「綠」字呢？這就值得仔細思索了，通過比較，我們就可以發現詩人用「綠」字是很正確的。「綠」字本身就很富有色彩感和形象感，而且容易喚起讀者的聯想，增强詩的感染力。王維《送別》：「春草年年綠，王孫歸不歸？」這裡說「春風又綠江南岸」，也就正表現出春光已經到了江南，家鄉風景正美，也正是回家的好時候。而最後一句「明月何時照我還」又與詩人的這種心情密切呼應，虛情實景，相映成趣，語意悠然不盡。假如把「綠」字改爲其他的字，就沒有這種功用了。至少削弱了詩的形象美。再說，春風是無影無蹤的，沒有形狀，也沒有體積。說「入」或「滿」，均不確切，而用了「綠」，至於「到」、「過」、「入」、「滿」等字的含義都在其中了。

在現代新詩中，我們也經常可碰到類似上面修改的例子。比如臧克家的《難民》一詩，開頭兩句是：

日頭墜在鳥巢裡，
黃昏還沒有溶盡歸鴉的翅膀。

但據詩人自己說，第二句開始是這樣寫的：「黃昏裡煽動著歸鴉的翅膀」後又修改成：「黃昏裡還辨得出歸鴉的翅膀」一直到定稿才寫成了這樣。不難比較，定稿要準確、形象、生動得多。這就把讀者引進黃昏時特有的景色中：夕陽西下，歸鴉滿天，暮色漸漸濃重，飛翅漸漸模糊，最後不可分辨，好像烏鴉的翅膀被黃昏溶化了……。

當然，像上面這樣的比較鑑賞，還限於一字一句，對於詩人整個的主意構思還不好比較，加上這方面的資料一般讀者也不易找到。爲了彌補這一不足，最好的辦法還是選幾首不同詩人的同類型作品比較，並找一首有定評的佳作作爲標準，仔細揣摩它們的異同，從而提高我們閱讀鑑賞的能力。

王之渙的《登鸛雀樓》是大家熟悉的好詩，但恐怕還是有些讀者不知道它到底好在哪裡，這就可通過比較的方法見出。鸛雀樓（在今山西省永濟縣蒲州鎮），在唐代是著名的登臨勝地。據沈括《夢溪筆談》卷之十五記載，唐人在這裡留詩者很多，但人們一提到鸛雀樓，一般都只記得王之渙的這首詩，而對其他的詩就不甚了然了。王之渙的這首詩爲什麼一直博得人們的喜愛？這裡是唐代另外兩位詩人的「登鸛雀樓」詩：

迴臨飛鳥上，高出塵世間，
天勢轉平野，河流入斷山。

——暢當《登鸛雀樓》

鸛雀樓西百畫牆，汀洲雲樹共茫茫。
漢家蕭鼓空流水，魏國山河半夕陽。
事去千年猶恨速，愁來一日即為長。
風煙並是思歸望，遠目非春亦自傷。

——李益《同崔頒登鸛雀樓》

暢當的一首是五言絕句，全詩都是寫景。前二句是詩人登上樓頂之後，俯首鳥瞰，只見飛鳥在下飛翔，自己卻置身於飛鳥之上，似乎已經離開了人間，超世絕塵。這是從側面寫樓高，是近景。後二句是遠景。鸛雀樓的周圍，只見天地相連，原野遼闊，黃河直往中條山奔流而去。這裡通過描寫周圍的環境來進一步烘托鸛雀樓「高出塵世間」的。這首詩無論是近景還是遠景，都是扣住樓高來著墨的，主要是在歌詠鸛雀樓本身。

寫法上，暢當的這首詩明顯地借鑒了王之渙的《登鸛雀樓》。如第四句「河流入斷山」就是從王之渙的「黃河入海流」脫胎而來。誠然，暢當的詩在寫景狀物上也有一定功力，如寫樓高，並沒有說它高幾尺幾丈，而是從側面層層加以烘托，這是成功的。然而，我們細細咀嚼這首詩，似乎有些不夠滿足。人們也許會問：從這一幅畫面中，作者要表達一種什麼樣的感情呢？讀後總感到有些「見物不見人」，情景有機結合還不夠。另外，四句景語全是爲了襯托樓之高峻，這樣，寫景的筆墨也顯得不夠經濟。四句寫景，遠遠不及王之渙「白日依山盡，黃河入海流」二句的精煉、響亮、有力。大約就是這些原因吧，暢當的這首詩自然也就漸漸和人們疏遠了。

李益的是一首七律，大約寫於唐憲宗元和九年（西元八一四年）八月間。是寫詩人弔古懷鄉的情意。我們從詩中可以看到，詩人和他的朋友在「山河半夕陽」的時候，一同登樓遠眺，即景生情。詩的首聯是一幅不怎麼明麗的圖畫，頷聯既是懷古，又是寫景。「漢家簫鼓」、「魏國山河」是分別指漢武帝和魏武帝時代，都是歷史上的盛世。「空流水」、「半夕陽」，這是說過去盛世就像眼前滾滾流去的河水和搖搖欲墜的夕陽，已經一去不回，今非昔比了。因爲唐代自「安史之亂」之後，已經每況愈下，真是漢魏江山依舊，國勢人事皆非了。頸聯、尾聯四句，緊接懷古而來，抒發詩人的無限感慨，包含著詩人對過去盛世的景仰和對現實的否定。當時，唐憲宗剛愎自用，朝政黑暗。詩人之「愁」正是從這裡來的，撫今思昔，愁悶難解，歲月難熬，不禁觸動了他的弔古懷鄉之情，這就是「風煙並是思歸望，遠目非春亦自傷。」此情此景，讀後真也令人傷感。

李益的這首詩有景有情，情與景也結合得比較好，自然比暢當的那一首要高出一籌。但是，從內容上看，古代一些反映登高的詩作，大都不免有「念天地之悠悠，獨愴然而涕下」的悲嘆；或是抒發「日暮鄉關何處是？煙波江上使人愁」的苦悶。由此看來，李益的這首詩在立意上就有些顯得新意不夠，雖然此詩也是有感而發的，但仍然不能對讀者產生很強的藝術魅力。

一般來說，詩人登臨吟詩，不外是描寫景物、抒發感情。而寫什麼景，抒什麼情，那就要看詩人匠心獨運之所在了。特別是像鸛雀樓這樣的登臨勝地，更要寫出新意。不然，是很容易流於一般的。清代詩評家薛雪在《一瓢詩話》裡說：「詩文家最忌雷同，而大本領偏多於雷同處見長。惟其篇篇對峙，段段雙峯，卻又不異而異，同而不同，才是大本領。」懂得了這一點，我們就不難發現王之渙詩的妙處所在了。

「白日依山盡，黃河入海流」。開頭兩句是寫詩人的登樓所見，氣勢非凡。景愈大，樓愈高，兩句詩包括了暢當四句的全部內容，乾淨利索。然後騰出下聯，是抒情。

「欲窮千里目，更上一層樓」。對於尋常遊客來說，面對詩人前面所描寫的壯麗圖景，或許會驚嘆、滿足，甚至陶醉。可是，對於美好境界的追求，那些積極向上的志士仁人，總是不會感到滿足的。具體到登臨者來說，總是希望能在更廣闊的範圍內擴大自己的眼界，以他們有限的視力去盡情地飽覽無限的宇宙。於是，詩人就產生了一種無止境的探求心理——「欲窮千里目」。俗話說：「站得高，看得遠。」要實現這一願望就須「更上一層樓」了。當然，這不過是詩人一時的心理活動，未必真的「更上一層樓」了；詩人也許本來就站在最高層，但詩人把這一心情寫出來，全詩就立刻生輝，不同凡響了。「欲窮千里目」，包含了多少希望，多少憧憬；而「更上一層樓」，又要求自強不息，奮進不止。一個積極向上的登臨者的形象於是躍然紙上，並形象地告訴讀者，只要不斷攀登，光明就在前頭。讀到這裡，讀者的感情也不由隨著詩人的感情振奮起來。

與暢當、李白二人的詩作相比，王之渙的這首詩之所以具有强烈的藝術感染力，關鍵就在於詩人在同樣的題目之下寫出了新的精神，而且詩人的動態和心情也很鮮明清晰，也在於詩人在這登樓遠望這個平常的生活經驗之中，藝術地表現了一個發人深思的哲理。

把幾首同類之作放在一起比較鑑賞，最好注意選擇一首有定評的優秀之作作爲比較的標準，這對於一般讀者來說是很有必要的。上面如果没有王之渙的詩做比較，我們鑑賞時就會没有一個標準，高下難定。當然，這是相對一些詩歌素養薄弱的讀者來說的，像這樣的比較鑑賞，如果能夠堅持一段時間，並經常地反覆比較揣摩，日積月累，在我們心目中逐漸也就會形成一條無形的鑑賞標準。到那時，當我們拿到任何一首詩或幾首詩，即使没有同類型的優秀作品做比較，我們也會憑著自己的鑑賞標準進行品評。

不妨再看看以《帆》爲題的詩吧：

在那大海上淡藍色的雲霧裡，
有一片孤帆在閃耀著白光！……
它尋求什麼，在遙遠的異地？
拋下什麼，在可愛的故鄉？……

波濤在洶湧——海風在呼嘯，
桅杆在弓起了腰軋軋地作響……
唉！它不是在尋求什麼幸福，
也不是逃避幸福而奔向他方！

下面是比藍天還清澄的碧波，
上面是金黃色的燦爛的陽光……
而它，不安的，在祈求風暴，
彷彿是在風暴中才有著安詳！

——萊蒙托夫：《帆》

海灣狹仄的恬靜，留不住你豪邁的希冀，
向著大洋，你高揚起生命的旗。
誰說這出於對搏鬥的偏愛？
不，你愛浪隔風阻的遠方，
愛奧祕、愛寶藏、愛不息的進取。

你神往新岸，也了解海洋的脾氣，
你渴求幸福，更懂得幸福的來歷；
正是為了這深沈的愛，你才去搏風擊浪，
你才對風暴和暗礁毅然地以身相許。

——駱耕野《帆》

滑向天水茫茫一線，
像只展翅翺翔的海燕，
無言中，
牽起多少目光，多少思念？
誰心裡沒有一片理想的帆，
誰心裡沒有一處光亮的彼岸，
只是別忘記託載白帆的大海，
多麼苦，多麼澀，多麼鹹……

——荊其柱《帆》

當你讀完這三首《帆》詩以後，有什麼感受呢？憑著你的鑑賞力，能夠品評出其中的高下嗎？應該說，就總的感受來講，這三首詩的確都是各有千秋的。

萊蒙托夫是俄國十九世紀上半葉的著名詩人，他的這首《帆》寫於一八三二年，當時生活在沙皇專制制度下的萊蒙托夫，對腐敗的社會和窒息的生活極爲不滿，他懷著尋求自由，嚮往鬥爭的精神寫了這首詩。詩採用象徵的藝術手法，把孤帆比作那些尋求社會變革、渴望革命風暴的人們。全詩著重塑造了「孤帆」這一中心形象，單純而不單薄，它是執著的、頑强的。浩瀚的大海，彌漫的濃霧，洶湧的波濤和呼嘯的海風，動搖不了它苦苦尋求的意志。詩寫得很沈鬱，令人感動。不過，感到有一點淡淡的悲哀的是，這畢竟是「一片孤帆兒」啊！

駱耕野的《帆》，在藝術構思上明顯地受到了萊蒙托夫的影響，也是運用象徵的手法，他筆下的「帆」是「神往新岸」、「渴求幸福」的形象的象徵。這首詩的特點是緊緊扣住「帆」「不息進取」的精神，形象明朗、充實；而且不再是著眼於「一片孤帆兒」，是針對所有的「帆」來構思的，因而在審美感受上與前者就有些不同了。不過，詩中「帆」的形象似乎不如萊蒙托夫的富有個性化，而且在思想傾向的表現上也顯得有些淺露。像「豪邁的希冀」、「愛奧祕、愛寶藏、愛不息的進取」、「神往新岸」、「渴求幸福」等，雖然字句不盡相同，但在意思上是否有些「合掌」呢？

讀完上面兩首《帆》詩以後，我們再看看荊其柱的《帆》，卻是另外一片新的天地，這首詩在立意與手法上都表現出自己鮮明的特色。我們看到，詩中巧妙地運用虛實結合的手法，表達了通往理想彼岸的征途不是一帆風順的，充滿著苦、澀、鹹等各種各樣的滋味。前四行側重在對「帆」的寫實，中間通過「誰心裡沒有一片理想的帆，／誰心裡沒有一處光亮的彼岸」輕輕一轉，轉向對「帆」的虛寫，最後兩行亦虛亦實，虛實相間，寫得真夠耐人玩味的。

有比較就有鑑別。把這三首《帆》放在一起對讀，讀者心中自會有一個優次高下吧？就我看來，第一首和第三首可以媲美，第二首稍微遜色一點。當然，這也許是我個人的偏好吧。

詩的比較鑑賞也可以把詩與其他藝術形式相比較。比如樓肇明評艾青的詩《蛇》，就比較分析了古今中外以蛇為題材的很多不同藝術形式的作品。其中有《聊齋誌異》裡的凶殘的蛇妖；有陳愛蓮在《魚美人》裡表現的形象嫵媚、具有情欲誘惑的蛇；有《白蛇傳》裡的蛇精白素貞；還有鮮明而獨特地表現情思專一、執著和美好的馮至的愛情詩《蛇》等等。正是有了這些豐富的比較，才使得我們深切體會到艾青的《蛇》的特點，即：詩人筆下的蛇非美非醜，既惡且美。這樣的鑑賞評論是具體的、有力的。（參見《詩探索》一九八一年第二期，中國社會科學出版社一九八一年版）

對詩歌進行比較鑑賞，容易發現問題，看出彼此的異同，的確是一種值得推行的好方法。尤其是我們如果要總結某首詩的寫作特色，就常常要運用比較法，它是最直接最方便的。更何況，詩歌藝術貴在獨創，這不僅表現在各個作家對不同題材的不同處理上，更重要的還表現為不同作家對同一題材的不同處理上，因而把一些同類詩作放在一起比較鑑賞就顯得更有意義了。

二、密詠恬吟　品賞韻味

鑑賞詩歌，自然不能只是憑著內心的理解，還須反反覆覆地體驗、回味和吟詠，才有可能逐漸浸潤到詩中深微的情致，嚼出其中的滋味。而詩中的情致又是和它的富有音樂性的語言緊密相聯的，要領略到它的情致，如果忽視詩歌語言音樂性的特點，那是十分錯誤的。怎樣從富有音樂性的詩歌語言去體會詩中的情致呢？這就只有在緩歌慢唱、密詠恬吟中獲得。語言的音樂性在默看中見不出來，必須放聲地讀，有時低聲吟哦，有時高聲歌唱，而且要拖著嗓子唱出它的調子來，在緩慢地吟詠中去充分地玩索每個字的含義，領略詩中的情致。

詩的讀法有兩種，一是朗誦，一是吟詠。朗誦就是用日常講話的語氣，高聲地念，如電台播音員播誦文學作品一般都採用這種形式。吟詠則是一種傳統的讀法，亦叫「唱讀」、「吟誦」、「美讀」等。就詩歌鑑賞來說，採取吟詠的方法較好，尤其是舊體詩詞，如果像電台播音員那樣一字一板、平平正正的朗誦，就不能將作品的內涵借助疾除抗墜的音節在相當寬廣的限度裡表現出來，更談不上充分地玩味古人造句用字之苦心。我們知道，古人讀詩即吟詩，杜甫說：「晚節漸於詩律細，新詩改罷自長吟」；「吟詩重回首，隨意葛巾低。」苦吟詩人盧延讓也說：「吟安一個字，捻斷數莖鬚。」在這裡，可以想見詩人拖著長長的聲調，搖晃著腦袋，邊低吟，邊修改的情形。只有吟詠，才能充分地表現出詩作的整齊之美、抑揚之美、回環之美和抒情之美。吟詠之於詩歌鑑賞，其好處古今中外的詩人學者都是有一致認識的，這裡試舉幾例：

朱熹說：「詩須是沈潛諷誦，玩味義理，咀嚼滋味，方有所益。」「須是先將詩來回吟詠四五十遍了，方可看注。看了又吟詠三四十遍，使意思自然融液浹洽，方有見處。」「看詩不須著意去裡面分解，但是平平地涵詠自好。」

——魏慶之《詩人玉屑》引，古典文學出版社一九五八年版第二六七～二六八頁

沈德潛說：「詩以聲用者也，其微妙在抑揚抗墜之間。讀者靜氣按節、密詠恬吟，覺前人聲中難寫、響外別傳之妙，一齊俱出。朱子云：『諷詠以昌之，涵濡以體之。』真得讀詩趣味。」

——沈德潛《說詩晬語》，人民文學出版社一九七九年版第一八七頁

葉聖陶說：「美讀得其法，不但了解作者說些什麼，而且與作者的心靈相感通了，無論與味方面或受用方面都有莫大的收穫。」

——《葉聖陶語文教育論集》上冊第一二五頁，教育科學出版社一九八〇年版

又說:「吟誦就是心、眼、口、耳並用的一種學習方法。」

勞·坡林說:「讀詩的最好方式恰與讀報的方式相反,讀報越快越好;讀詩越慢越好。詩不能朗讀時,便用口低吟。」

——勞·坡林《怎樣欣賞英美詩歌》第十六頁,北京出版社一九八五年版

以上這些看法,實在都是很好的,值得我們特別重視。

當然,吟詠是有著一定的調子的,並不是說可以隨心所欲地吟詠,而且吟詠的調子各地方都有所不同,比方說江浙一帶有江浙一帶的調子,西南一帶有西南一帶的調子,在歷史上傳爲美談的「洛生詠」區域的洛陽人同樣也有自己的調子。那麼,這樣一來,恐怕有些讀者就有些望而生畏了,覺得詩詞吟詠是一件很難的事,其實不然。既然調子各地方有各地方的特點,實際上,各人之間所掌握的調子也是不盡相同的。比如中央人民廣播電台「閱讀與欣賞」組舉辦了一個「古詩詞吟誦」的節目,請了十位全國知名的專家學者吟詠,而他們的吟詠就並沒有什麼統一的腔調。可以說,吟詠詩歌,根本沒有必要囿於過去那些舊式的調子,吟詠時的高下節度主要是從自己對文字內容的領會來決定的,擔心自己不懂詩詞吟詠的調子而廢棄吟詠鑑賞,那實在是遺憾的。《詩大序》說得好:「情動於中而形於言;言之不足,故嗟嘆之;嗟嘆之不足,故詠歌之;詠

歌之不足，不知手之舞之足之蹈之也。」同樣，鑑賞吟詠的過程，也是鑑賞創造的過程。一旦鑑賞者進入作品的意境，體會到作者的情致，也就不知不覺地會高下合度，以至舞之蹈之，自然地產生出自己的腔調來。

而且，我們這裡所提倡的吟詠，也應該與過去那種冬烘先生式的舊式的吟詠區別開來，即克服過去那種哼哼唧唧、故意做作、無所用心的程式化的吟詠。强調心領神會，自然入調，力求把詩人的情致在讀的時候傳達出來，抑揚抗墜、長短疾徐、輕重張斂，都能隨著內容的變化而變化。葉聖陶說：「吟誦的時候，對於討究所得的不僅理智地了解，而且親切地體會，不知不覺之間，內容與理法化爲讀者自己的東西了，這是最可貴的一種境界。」（《葉聖陶語文教育論集》上册第十三頁，教育科學出版社一九八〇年版）我們應該追求這樣一種境界。

我們說吟詠的調子是根據自己對詩歌內容的理解來決定的，但也並不是說詩歌吟詠就毫無規律可循。下面我們就談談詩歌吟詠的一般規律和方法。

吟詠包括停頓、拖腔和語調幾個方面。

先說吟詠的停頓。讀詩和讀其他文章一樣，也應該有停頓，不能一氣讀下去，但詩的停頓是有一定規律的，比如四言詩每句二頓，五言詩每句三頓，七言詩每句四頓，而且一般以兩個字一頓或一個字一頓爲多。關於這一點，我們在「詩的音樂美」這一節裡已經說過了，讀者可以參考。這裡要强調的是，頓是音節單位，它和作爲意義單位的詞語有時是一致的，有時是不一致的。我們知道，五言詩的頓法是2／2／1，即「白日——依山——盡，／黃河——入海——流。」此例音節單位與意義單位是一致的，但有時也不一致。比如：「舉頭——望明——月，／低頭——思故——鄉。」顯然，這裡就把「明月」和「故鄉」兩個詞分開了。在音節單位與意義單位不一致的情況下，我們主張不能削足適履地去遷就音節，應該讓形式化的節奏與自然的語言節奏儘量保持一致，成爲：「舉頭——望——明月，／低頭——思——故鄉。」這樣才能以音傳情。而且，按照意義單位來吟詠，不論是四言詩、五言詩等，其每句的頓數仍然不變，只是每頓的字數偶爾有所變化，這樣反而會使音節單位顯得更加靈活，富有參差錯綜的美。

四言、五言和七言詩的停頓規律，我們前面已經講過，但對那些古代自由詩（即古風）以及詞、曲又該怎樣停頓呢？這並不難，像這些詩中的四字句、五字句和七字句仍可按照我們說過的規律來停頓。其他一些雜言句，一般都是兩個字一頓，結末一字爲一頓。如白居易《長相思》詞的上片：

汴水／流，
泗水／流，
流到／瓜洲／古渡／頭，
吳山／點點／愁。

其次，至於停頓的時間，也就是如何運用拖腔的問題。這裡應指出的是，停頓在吟誦時並不是指完全停止下來不發聲，而是指拖延某個字的字音，不急於接著讀下去。停頓或者拖延字音的時間有一個基本原則，即一般是平聲長仄聲短。如「星垂／平野／闊，月湧／大江／流。」「垂、江、流」三字爲平聲，拖音就可長一點，「野、闊、湧」三字爲仄聲，拖音就可短一點。這就是運用拖腔時應注意的，並不能隨意拖長縮短。

再說說吟詠的語調。吟詠的語調不外乎高低、强弱、緩急三種情況。高低是指聲帶的張弛而言的，强弱是指肺部發出空氣的多少而言，緩急是指聲音在一定的時間內，發音數少是緩，發音數多就是急。吟詠一篇詩歌，無非是按照停頓的一般規律，錯綜地使用這三類語調而已。當然，要想正確、自然地運用吟詠的語調，關鍵是要徹底弄清詩詞的含義，高低、强弱、緩急都應合著文字所表達的意義與情感。下面，以陸游的七律《書憤》爲例文試加說明：

△早歲——那知～～世事——艱，∧
中原——北望——氣如～～山。●
樓船～～夜雪～～瓜洲——渡～，
鐵馬～～秋風～～大散——關。
∨塞上——長城——空自～～許，

∨鏡中——衰鬢——已●先～～斑。

▽《出師》～～一●表●～～真名～～世，

▽千載～～誰堪——伯仲～～間。

（上面符號中的「●」表示這個字發聲須高一點；「△」表示這一句該前低後高；「▽」表示這一句該前高後低；「∨」表示這一句開頭部分宜加強；「∧」表示這一句結尾部分宜加強；「●」表示這一句中間部分宜加強；「——」表示停頓並延續音值；「～～」表示不但停頓並延續音值，而且須搖曳生姿。）

陸游這首詩是抒發詩人在昏庸統治的壓抑下，力圖恢復祖國河山的雄心壯志而無從實現的悲憤心情。所以，吟詠這首詩，首先必須扣緊這一感情基調，傳達出詩人的這種悲憤的呼聲。首聯「哪知」二字是關鍵，要讀出詩人那種從「不知」到「知」的憂憤，要重讀並要有較長的拖腔。頷聯吟詠整個音調要高一些，音速要緩，要讀得搖曳生姿，充分表現出詩人那種橫戈馬上，慷慨忘身的英武氣概，給人一種莊重、畏敬的感受。頸聯是詩人「憤」的正面表露，音速宜稍快。尾聯與頸聯的讀法基本相同，但要注意詩人在這兩句裡的複雜心情，它既有對諸葛亮的讚許，又有對當時「衰衰諸公」的否定，也有詩人對自己的充分評價，應緩歌慢唱，細細涵詠。

葉聖陶說：「吟誦第一求其合於規律，第二求其通體純熟」。所謂「合於規律」，即指合於語言的自然，高低、强弱、緩急不能隨心所欲；所謂「通體純熟」即指要弄懂整個詩詞內容，假如對哪些細微曲折之處還未搞清，吟詠就會顯得阻塞而不自然。至於怎樣「合乎規律」，其基本法則葉聖陶也曾說過一段話，現抄錄如下，可供參考：

大概文句之中的特別主眼，或是前後的詞彼此關聯照應的，發聲都得高一點。就一句來說，如意義未完的文句，命令或呼叫的文句，疑問或驚訝的文句都得前低後高。意義完足的文句，祈求或感激的文句，都得前高後低。再說強弱，表示悲壯、快活、叱責或慷慨的文句，句的頭部宜加強。表示不平、熱誠或確信的文句，句的尾部宜加強。表示莊重、滿足或優美的文句，句的中部宜加強。再說緩急，含有莊重、畏敬、謹慎、沈鬱、悲哀、仁慈、疑惑等等情味的文句，須得緩讀。含有快活、確信、憤怒、驚愕、恐怖、怨恨等等情味的文句，須得急讀。以上這些規律，都應合著文字所表達的意義與情感，所以依照規律吟誦，最合於語言的自然。

——《葉聖陶語文教育論集》上冊第十四頁，教育科學出版社一九八〇年版

詩歌的吟詠，在過去本是一種很平常的鑑賞方法，但今天卻未被很多人引起注意，一般年輕

的讀者更不知道詩歌吟詠是怎麼回事，覺得很神祕，這是一種不好的現象。甚至有人認爲，吟詠就是搖頭晃腦，酸氣十足，怪模怪樣的，不宜在今天提倡。吟詠的時候搖頭晃腦，這本是「拍子」的作用，《詩大序》說的「不知手之舞之，足之蹈之」，也正是這樣的。因爲吟詠的人一旦進入詩歌的意境，他們是不會無動於衷的，或激昂、或歡樂、或憂愁、或深思……被作品的內容所感動，從而不自覺地會借助手勢、表情、身體動作等來宣洩自己內心鬱勃的情感，甚至感到不這樣做就會不痛快。這正如演說家在大衆場合下講演，講到高潮處自然要提高嗓門或揮揮手的，聽衆自然也會報以熱烈的掌聲。如果我們願意看演說家在台上一動也不動地平平正正的演講，那才是不近人情呢。

鑑賞一首好詩，少不得要吟詠它數遍乃至數十遍，才能與作者的心靈相感通，出神入化，玩索出其中深長的韻味。詩歌吟詠的好處是便於以意逆志、心領神會、設身處地，也就是激昂處還它個激昂，委婉處還它個委婉，以形入情，以聲帶情，探驪得珠。在反覆吟詠中，就會發現自己原來所體會的那點情感還是浮於表面的，只有通過吟詠才使自己逐漸進入深微的地方。甚至覺得「前人聲中難寫，響外別傳之妙，一齊俱出。」因此，詩的吟詠不僅是詩歌鑑賞的好方法，而且還可適當用於詩歌教學。

以上舉例，涉及的都是古典詩詞，新詩的鑑賞，同樣也可以吟詠。魯迅先生曾指出：「新詩先要有節調，押大致相近的韻，讓大家容易記，又順口，唱得出來。」（《魯迅全集》第十卷第二

○五頁，人民文學出版社一九八一年版）又説：「新詩雖有眼看的和嘴唱的兩種，也究以後一種爲好；可惜中國的新詩大都是前一種。没有節調，没有韻，它唱不來；唱不來，就記不住，記不住，就不能在人們的腦子裡將舊詩擠出，佔了它的地位。」（《魯迅書簡》下册《給竇隱夫》第八八九頁，人民文學出版社一九五三年版）這裡，魯迅先生是説得很分明的，並還告訴我們，詩歌有唱（吟詠）才能記得住，看來，詩的吟詠對鑑賞來説的確不是一件無意義的事情了。

三、別具慧眼　善於「見異」

詩歌鑑賞，就一般的閱讀欣賞來説並不是很難的，難就難在鑑賞者是否能夠成爲作者的「知音」。一千多年前的劉勰，曾經這樣感嘆：「知音其難哉！音實難知，知實難逢，逢其知音，千載其一乎！」（劉勰《文心雕龍・知音》）這説明要真正鑑賞好詩歌，成爲作者的「知音」，並不是一件容易的事情。

怎樣才能成爲作者的「知音」呢？這固然牽涉到很多方面的問題，但最根本的一條即在於鑑賞者能不能「見異」。「見異」，這是劉勰《文心雕龍・知音》篇裡提出的一個重要觀點。文中説：「昔屈平有言，『文質疏内，衆不知余之異采』。見異，唯知音耳！」屈原的話，見於他的《九章・懷沙》，意思是説「我的文章外表雖不周密，但内容卻是質樸的，衆人都看不到這獨特的文采。」故劉勰接著感嘆道：「見異，唯知音耳！」可見，所謂「見異」，就是發現作品的「異采」，看到作者的個性在作品中獨特的表現，即獨創性。劉勰認爲，作品的「異采」，只有知音才能發現；換句話說，不能發現作品「異采」的人，便不可能成爲作者的「知音」，同樣也就不可能進行深入的詩歌鑑賞。劉勰的這一發現，的確是發前人所未發，具有很高的美學價值，值得我們高度重視。

幾乎可以說，没有「異」就没有詩歌藝術，詩貴在創造，貴在出新。一切成功的詩歌作品都是要顯示詩人的性情特徵的，這種性情特徵之展現，我們一般謂之「風格」。詩人的風格表現在立意上、構思上和語言上等，往往也就是作品「異采」之所在。作品有了「異采」，就有藝術魅力，能感動人；反之，作品缺乏「異采」，立意構思與人雷同，藝術手法落入別人窠臼，人云亦云，必定使人讀了昏昏欲睡。由此看來，詩人所致力的就是如何使作品具有「異采」，具有風格；詩歌鑑賞者所致力的，乃是如何發現作品的「異采」，能夠發現作品的「異采」，就是一種最高的鑑賞，最美的享受。正如劉勰所說：「夫唯深識鑑奥，必歡然内懌，譬春台之熙衆人，樂餌之止過客。」（劉勰《文心雕龍．知音》）就是說，只有鑑識深遠的人能看到作品的微妙之處，才會感受至内心的喜悦，好比春天登台使人歡快，音樂和美味能留住過路的客人。

無獨有偶，後來俄國大作家托爾斯泰，在他一八五三年十月二十四日的《日記》中也有這樣近似的話：「讀文章的時候，尤其是讀純文學的東西的時候，最大的興味是表現在那作品裡作者的性格。」（轉引自《文匯報》一九八四年五月五日第四版《有情致、有詩意》一文）。這裡所說的「作品裡的作者的性格」，當然也就是作品「異采」之所在。一旦作品之「異采」呈現在你的面前，自然就會引起我們最大的興味，歡然內懌，讚嘆不已！

只有別具慧眼，善於「見異」，才能成爲詩人的「知音」。劉勰不僅提出了這樣一個重要的鑑賞美學觀點，而且他本人就是一位善於「見異」的鑑賞家。比如在他的《明詩》篇裡，他稱讚漢代古詩「直而不野，婉轉附物，怊悵切情。」講到建安詩，又稱讚它「慷慨以任氣，磊落以使才」，「不求纖密之巧，唯取昭晰之能。」他賞析晉代的詩，則說：「晉世羣才，稍入輕綺」，「採縟於正始，力柔於建安」，「江左篇制，溺採玄風。」像這樣能抓住各代詩歌的特點，指出衆多作家的創作特色所形成的時代風格，以及所存在的問題，不具備「見異」的鑑賞眼光是不可能做到的。特別是，劉勰生在追求辭藻的齊梁時代，能賞識「直而不野」的詩歌，看到晉代詩歌的弱點，這更是可貴的。再者，齊梁文學講究聲韻而忽視文氣，但劉勰賞評詩歌，注意情理，注意氣勢，稱賞建安詩「慷慨以任氣」（劉勰《文心雕龍．知音》），「梗概而多氣」（劉勰《文心雕龍．時序》）等等，不人云亦云，這也是他高出當時一般人的地方。有時，他評論某一作家作品，常常也是寥寥數語，切中肯綮，發其「異采」，並成爲千載之定論。如說嵇康：「師心以遣論」；論阮籍：「使氣以命詩」；讚王粲：「捷而能密，文多兼善，辭少瑕累，摘其詩賦，則七子之冠冕乎？」鑑賞評論能做到如此地步，是很不容易的。

的確，要進行深入的詩歌鑑賞，就要像劉勰這樣具有「見異」的鑑賞力，不能「見異」，即使再好的作品，不僅不會發生很大的興味，甚至會「如入寶山，空手而回」。

有一個很突出的例子：據說詩人臧克家的第一本詩集《烙印》一開始並不引起人們的注意，書店老板也不願出版。但後來它傳到老舍手裡，卻發現了它的「異采」，不得不「破例要說上三言五語」，特地寫了篇評論《臧克家的〈烙印〉》，文中寫道：「《烙印》裡有二十多首短詩，都是一個勁，都是像『一條巴豆蟲嚼著苦汁營生』的勁」，「真的，他這些詩確是只有這麼一個勁。」「舊詩裡幾乎不易找到這個勁。」這裡說的「勁」，是指舊中國廣大人民在統治階級壓迫和剝削下面掙扎生活的那股堅强的韌勁。像詩集中的《老馬》，它「橫豎不說一句話」，「它有淚只往心裡咽」，這些詩句在《烙印》裡是不難找到的，它正是這種「勁」的體現。

「勁」，是我國勞動人民吃苦耐勞、堅韌不拔的優良品格，所以老舍十分讚賞這種「勁」，認爲「就是世界到了極和平極清醒的時候……大概硬幹的勁永遠不應當失去。」這是深刻的，也是《烙印》詩集的「異采」，是我國舊詩裡罕見的主題。由此，《烙印》後來在王統照等人的資助下得到了出版。如果沒有別具慧眼的老舍，恐怕連《老馬》這樣一些好詩也會被埋沒掉呢！

和臧克家同時，成名於三〇年代，在以後的中國詩壇起了重大影響的另外兩名當時的年輕詩人是艾青和田間。有趣的是，這兩位詩人在詩壇剛剛嶄露頭角的時候也不爲很多人所肯定，當時頗有名望的著名文藝批評家胡風在一篇文章裡說過這樣幾句話：「我曾對於田間的詩寫過一篇介紹，後來有人對我下了兩個字的評語，曰，『瞎捧』。這一回，對於艾青的詩我又寫出了這幾句想說的話，恐怕依然要得到同樣的評語罷。」（《吹蘆笛的詩人》，見《胡風評論集》上第四二二頁，人民文學出版社一九八四年版）胡風在《田間的詩——〈中國牧歌〉序》裡這樣評價當時還只有十七八歲的田間的詩：

「在他的詩裡現出了『沒有笑的祖國』，殘廢的戰士和凝視著屍骨的郊野的垂死的戰馬，出現了歌唱，射擊，鬥爭的音樂。」「在他的詩裡面，只有感受，意象，場景的色彩和情緒的跳動。」「民族革命戰爭需要這樣的『戰鬥的小伙伴』！」

這是不是「瞎捧」呢？胡風在《吹蘆笛的詩人》裡又這樣評價當時也不過二十多歲的艾青的詩：

「他的歌唱總是通過他自己的脈脈流動的情愫，他的言語不過於枯瘦也不過於喧嘩，更沒有紙花紙葉式的繁飾，平易地然而是氣息鮮活地唱出了被現實生活所波動的他的情愫，唱出了被他的情愫所溫暖的現實生活的幾幅面影。」「至於《大堰河——我的褓姆》，在這裡有了一個用乳汁用母愛餵養別人的孩子，用勞力用忠誠服侍別人的農婦形象，乳兒的作者用著素樸的真實的言語對這形象呈訴了切切的愛心。」

這是不是「瞎捧」呢？歷史是最好的裁判。今天我們回過頭來再看看胡風的這些獨到的發其「異采」的評價，就更是感到這種「見異」的眼光之可貴了！

既然「見異」對於詩歌鑑賞有如此重要的作用，那麼，怎樣才能使自己別具慧眼、發現作品的「異采」呢？概其要可以從這樣三個方面去努力：

首先要具備一定的詩歌素養，以藝術的眼光去鑑賞詩歌，這是「見異」的基本條件。馬克思說：「對於非音樂的耳朵，最美的音樂也沒有意義，對於它，音樂並不是對象。」（《馬克思恩格斯論藝術》第一卷第二〇四頁，中國社會科學出版社一九八二年版）因而，鑑賞詩歌，就要有鑑賞詩歌的藝術感官，多少要懂得作爲鑑賞對象的詩歌的特殊本質，深諳其內在的規律。否則，不僅根本無法發現作品的「異采」，而且還難以品賞出作品一般的思想美和藝術美，甚至會曲解或誤解詩人的用心。

不以藝術的眼光鑑賞詩歌，一是表現爲拘泥於詩，以讀應用文的眼光來看待詩歌；二是穿鑿附會，以極其主觀的眼光去閱讀詩歌，兩者都會導致不良的鑑賞結果。這兩點，說起來明白，但到具體鑑賞時卻常常出問題，有時甚至連某些行家也在所不免，在文學鑑賞批評史上是不乏其例的。

杜甫《古柏行》有云：「霜皮溜雨四十圍，黛色參天二千尺。」宋代沈括在《夢溪筆談》裡說：「四十圍乃是徑七尺，無乃太細長乎？」覺得杜詩寫得不妥。而《湘素雜論》的作者黃朝英又認爲沈括算得不對，他是這樣計算的：「古制以圍三徑一，四十圍即百二十尺。圍有百二十尺，即徑四十尺矣，安得云七尺？若以人兩手大姆指合爲一圍，則是一小尺，即徑一丈三尺三寸，不安得七尺也？武侯廟古柏，當從古制爲定。則徑四十尺，其長二千尺宜矣，豈得以細長譏之乎？老杜號稱詩史，何肯爲云云也？」（轉引自胡仔《苕溪漁隱叢話》前集卷八）其實，杜甫這兩句詩只不過是用了誇張的手法來形容古松柏的偉岸挺拔，藉以抒發詩人的情懷的。沈括和黃朝英都不從詩的特性出發，而以讀應用文的眼光來讀詩，算來算去，就越顯得可笑。

這種情況，在國外詩歌鑑賞批評史上也同樣可以找到。比如有人根據莎士比亞《十四行詩集》第三十七首第三行「我雖然受到最大惡運的殘害」（直譯原文意爲：「我被最大惡運傷害得成了瘸子」），推定莎士比亞是個事實上的瘸子，並認爲這是他作爲伶人而不能成爲名角的原因。又如，有一位「哈瑞葉特·契爾斯托爾夫人（Mrs. Harriet B. Cherstow）的後裔」，根據第三十五首第一至八行，第八十九首第八行「就斷絕和你的往來，裝作陌路人」（直譯原文意爲：我就絞殺朋友，裝作陌路人」）等等，得出結論說莎士比亞是一個謀殺犯！（參見屠岸譯莎士比亞《十四行詩集·譯後記》，第三一八～三一九頁，上海譯文出版社一九八八年版）這種拘泥於作品中尋出片言隻字與生活對證的詩歌鑑賞更是有些令人驚訝了。

詩歌鑑賞中穿鑿附會的情形更多。我國古代正統的解詩方法就是附會政治，動不動就是從原則、概念出發，比附歷史，牽合政治，千方百計地到詩中尋找寄託、象徵或影射。用這種方法來讀詩，無不是瘦詞隱語，像漢儒解釋《詩經》便是運用這種方法的代表。他們主觀地認爲，《詩經》是爲聖道王功而作的，是先王用以「經夫婦、成孝敬、厚人倫、美教化、移風俗」的工具（《詩大序》）。他們戴著這樣一副有色眼鏡看《詩經》，又怎麼不穿鑿附會呢？就連《關雎》也成了歌頌「后妃之德」（讚美周文王妃太姒的賢德）的詩了。

凡此種種，主觀臆測，無事生非，連作品的本意也不曾理會，又怎麼去「見異」呢？此等鑑賞眼光是必須避免的。

其次，廣泛地閱讀瀏覽詩歌作品是「見異」的必要前提。劉勰指出：「凡操千曲而後曉聲，觀千劍而後識器；故圓照之象，務先博觀。」（《文心雕龍．知音》）因爲看得多了，心目中就會有個標準，看出作品的高下。好比彈過千百種曲調的自然懂得樂聲，見過千百把寶劍的自然識別寶器。即以劉勰關於詩歌鑑賞品評的論述來說，他的很多觀點是很精闢獨到的，這在前面已經說過了。可以設想，如果他對齊梁以前的詩歌沒有廣泛的閱讀和研究，那無論如何也是不可能達到現在這個美學高度的。正如袁枚在《隨園詩話》卷八裡說：「文尊韓，詩尊杜，猶登山者必上泰山，泛水者必朝東海也。然使空抱東海、泰山，而此外不知有天台、武夷之奇，瀟湘、鏡湖之勝，則亦泰山上之一樵夫，海船上之一舵工而已矣。學者當以博覽爲工。」劉勰所以能夠領略到齊梁以前各個時代、各個作家的各種各樣的「奇」、「勝」，而且常常能「平理若衡，照辭如鏡，」見其「異采」，正是以他的「博覽」爲基礎的。俗話說：「少見多怪。」没有廣博的見識，就不可能有精闢的見解；没有對詩歌作品的廣博的瀏覽和閱讀，就難免會帶有井蛙之見，終是泰山上之一樵夫、海船上之一舵工而已！

再次，如果說「博覽」是「見異」的前提，那麼比較則就是「見異」的關鍵或是「入門處」。詩歌作品的「異采」，只有從比較中見出；要具有「見異」的能力，在很大程度上就是要具有比較的能力。這種比較或「見異」的能力又從何而來呢？自然也是有賴於「博觀」。例如，有很多詩人都寫過「憂愁」，在他們的筆下，「憂愁」的形象卻是千姿百態的，這在比較中就可以見得很清楚。且看——

杜甫《赴奉先詠懷》詩：「憂端齊終南，澒洞不可掇。」說自己的憂愁堆積得像終南山那樣高，像廣闊無邊的茫茫的大水那樣不可收拾。——「憂愁」有了高度和寬度。

石孝友《玉樓春》：「春愁離恨重於山，不信馬兒馱得動。」說自己的「春愁離恨」深重得可與山相比，馬兒也馱不動。——「憂愁」有了重量。

李煜《虞美人》：「問君能有幾多愁，恰似一江春水向東流。」說自己的愁如春江流水，悠悠不盡。——「憂愁」有了體積和長度。

秦觀《浣溪沙》：「自在飛花輕似夢，無邊絲雨細如愁。」說愁就像「無邊絲雨」一樣千絲萬端，纖細無數。——「憂愁」有了形狀。

李白《宣州謝朓樓餞別校書叔云》：「抽刀斷水水更流，舉杯澆愁愁更愁。」——「憂愁」有了情感，似乎是在與詩人作對，砍不斷，澆不去。

台灣當代著名詩人余光中的《鄉愁》，一連用了幾個比喻寫「愁」：「鄉愁是一枚小小的郵票」，「鄉愁是一張窄窄的船票」，「鄉愁是一方矮矮的墳墓」，「鄉愁是一灣淺淺的海峽」。——更是把「愁」寫得可感可觸了。

經過這樣一比較，各自的「異采」就出來了。顯然，這樣的比較與「博觀」是分不開的。當然，比較還可以從各個側面著手，進行全面地比較鑑賞，比如關於立意的比較，結構的比較，練字練句的比較等等，但總不外乎思想與藝術兩個大的方面，這裡我們就不多說了。

總之，詩歌鑑賞必須「見異」，我們應該努力成爲作品「異采」、作品獨創性的知音人！詩歌鑑賞不能「見異」，不能發現作品的匠心獨運之處，那是平庸的鑑賞，儘管你在鑑賞中能夠說出個大概來，勢必都是些俗言濫語。

初版後記

《詩歌鑑賞入門》就要出版了，這本薄薄的小書已經耗去了我全部的知識和心血，我感到做學問的確是個很苦的功夫，回想起過去幾年的日日夜夜，我自己也感到吃驚，我不知道是什麼力量促使我完成這項工作的。

記得著名詩人余光中說過，青年讀詩，猶如初戀；學者讀詩，猶如選美；詩人讀詩，猶如擇妻。真的，在中學時期，我喜愛讀詩的那種「狂」勁和「傻」勁至今想來還有些可笑。

青年富有情感，富有幻想，詩這東西最突出的長處就在於能夠淋漓酣暢地表達人的情感。我們在詩裡所獲得的，大半不是什麼明確的概念，而常常是某種情感被發洩以後的一種滿足。有人說，「詩與青春攜手同行。」從這個意義上來講是很有道理的。不過，讀詩不能僅僅靠著「猶如初戀」一樣的鍾情，也需要「選美」一樣的見識和挑剔，「擇妻」一樣的敏銳和冷靜。我感到，讀詩也是一門具有特殊規律的學問，很多人還不能或者很難自覺地、正確地去鑑賞詩。由此，也便促使我產生了寫這本書的念頭。從一九七八年開始，我就注意搜集這方面的資料，摘記卡片，閱讀了古今中外大量的詩話、詞話，以及發表在全國各報刊上的很多詩歌鑑賞方面的零散文章。同時，也陸陸續續寫些有關詩歌鑑賞方面的心得在報刊上發表，總共算起來也有二十多萬字了。正式動筆寫作這本書是在一九八四年。

寫這本書，目的也就是企圖對詩歌鑑賞活動本身做出比較明確的分析，包括詩歌鑑賞力的產生、形成、發展、乃至詩歌鑑賞的特殊性以及詩歌鑑賞趣味的衡量和培養，並力求側重闡明詩歌鑑賞的方法和途徑。從這個角度來系統地探討詩歌鑑賞活動本身，在目前國內還似乎比較罕見，對於本書的讀者來說，我想會有新穎之感的。在本書出版之際，我要衷心地感謝湖南文藝出版社對我的關懷；感謝李元洛老師爲我的精心指導和具體幫助。真的，他們的心血都點點滴滴滲透在這本書的字裡行間。

魏飴　一九八七年一月十五日

記於白馬湖畔

國家圖書館出版品預行編目資料

詩歌鑑賞入門 ／魏飴著, --再版 --臺北市：
萬卷樓, 民 88
面；　　公分
ISBN 957－739－218－0 (平裝)
1.中國詩-評論 2.中國詩-哲學,原理
821　　　　88007993

詩歌鑑賞入門

著　　者：魏 飴
發 行 人：楊愛民
出 版 者：萬卷樓圖書股份有限公司
臺北市羅斯福路二段 41 號 6 樓之 3
電話(02)23216565 · 23952992
傳真(02)23944113
劃撥帳號 15624015
出版登記證：新聞局局版臺業字第 5655 號
網　　址：http://www.wanjuan.com.tw
E－mail：wanjuan@tpts5.seed.net.tw
經銷代理：紅螞蟻圖書有限公司
臺北市內湖區舊宗路二段 121 巷 28 號 4F
電話(02)27953656(代表號)　傳真(02)27954100
E－mail：red0511@ms51.hinet.net
承印廠商：晟齊實業有限公司
定　　價：240 元
出版日期：1999 年 6 月再版
2003 年 9 月再版一刷

ISBN 957－739－218－0